KB074313

266명 시인이 자신의 작품을 골라 뽑은—

현대시조 자선대표작집

266명 시인이 자신의 작품을 골라 뽑은―
현대시조 자선대표작집

ⓒ 오종문, 2016

1판 1쇄 인쇄 | 2016년 04월 27일
1판 1쇄 발행 | 2016년 05월 02일
엮 은 이 | 오종문
펴 낸 이 | 이영희
펴 낸 곳 | 이미지북
출판등록 | 제2-2795호(1999. 4. 10)
주   소 | 서울시 강동구 양재대로122가길 6(길동) 202호
대표전화 | 02-483-7025, 팩시밀리 : 02-483-3213
e - m a i l | ibook99@naver.com

ISBN 978-89-89224-33-4 03810

* 이 책은 〈2016 詩의 도시 서울〉 프로젝트 사업으로 "찾아가는 시조교실" 시조의
보급 및 교육사업 추진 계획에 의거 서울시의 일부 지원을 받아 출판되었습니다.

이 도서의 국립중앙도서관 출판예정도서목록(CIP)은 서지정보유통지원시스템 홈페이지
(http://seoji.nl.go.kr)와 국가자료공동목록시스템(http://www.nl.go.kr/kolisnet)에서 이용
하실 수 있습니다. (CIP제어번호 : CIP2016010325)

266명 시인이 자신의 작품을 골라 뽑은―

현대시조 자선대표작집

이미지북

'시조'는 가장 정제된 한국의 정형시입니다

　문자를 가진 나라는 그 민족만의 뛰어난 시詩가 있어 왔습니다. 그 민족의 삶과 정서를 담아내는 문학의 그릇으로 역사와 함께 오늘날까지 이어져 내려온 것입니다. 서양의 소네트sonnet, 중국 한시漢詩의 절구絶句와 율시律詩, 일본의 하이쿠排句 등이 대표적인 정형시라면, 우리나라는 시조時調가 있습니다.

　시조는 700여 년 동안 창작되어 온 우리 고유의 정형시定型詩로서 한민족의 몸에 흐르는 내재율이 담긴 시입니다. 시가 형식에서 벗어나 자유로운 표현으로 작자의 감정을 표현한 시가 자유시라면, 시조는 일정한 형식 속에서 작자의 감정을 표현하는 정형시입니다. 시조時調, 즉 시 '시詩' 자 대신 '때 시時' 자를 쓰는 이유는 오늘의 정서, 우리 주변에서 일어나는 오늘의 삶의 이야기를 정형의 형식에 담아내는 그릇의 시이기 때문입니다.

　시조는 어느 한 개인에 의해서 완성된 것이 아니라 우리 민족의 관습에 의해서 만들어지고 계승된 것입니다. 네 개의 음보가 한 장을 이루고, 이러한 장 세 개가 모여 하나의 완성된 작품을 이루는 3장章 6구句 12음보의 정형시입니다. 초장 3-4-3(4)-4, 중장 3-4-3(4)-4, 종장 3-5-4-3의 45자 내외라는 기본 틀을 가지고 있습니다. 그러나 음보를 구성하는 음절 수에는 차이가 있으며, 이것이 반복·전환·완결로 이어지는 정형적 구조를 이룹니다.

　시조의 초장과 중장의 앞 구 1음보와 2음보는 3-4자로 7자가 기본인데, 현대시조는 6~9자까지 가능하고(예컨대 2-4, 2-5, 2-6, 3-5, 3-6, 4-5자까지 보편적으로 사용), 뒷 구 3음보와 4음보도 마찬가지로 6~9자까지 가능합니다. 종장 3-5-4-3의 첫 3자, 즉 1음보는 글자 수가 변하지 않는 고정입니다. 3자보다 적거나 많아지면 시조라고 말할 수 없을 정도로 중요한 특성을 보여주는 곳입니다. 2음보 5자는 9자까지, 3음보 4자는 5자까지, 4음보 3자는 4자까지 가능합니다.

　이처럼 시조는 융통성이 많은 자유로운 시입니다. 중국의 한시나 일본의 하이쿠와 같은 정형시는 한 자를 더하거나 빼서도 안 되지만 시조는 변형이 자유롭습니다. 이처럼 시조는 현재까지 창작되어 오면서 깎아내고 갈면서 다듬어 온 틀로 우리 체질에 잘 맞는 시입니다. 우리 민족의 숨결에서 자연스럽게 우러나온 신명처럼 독특한 긴장과 풀림의 미학적 장치가 살아 있는 형식 체험의 시입니다.

시조의 맥이 끊어지지 않고 오늘날까지 창작될 수 있었던 것은 오늘의 시 정신을 담기 위한 끊임없는 형식 탐구가 이루어졌기 때문입니다. 그래서 시조는 가장 현대적인 오늘의 정서를 아우르는 문학 양식으로, 가장 정제된 한국의 정형시로 그 존재 가치가 확고합니다.

『현대시조 자선대표작집』은 〈2016 시의 도시 서울〉 프로젝트 사업의 일환으로 "찾아가는 시조교실" 교재로 기획되었습니다. 이 책에 수록된 작품은 1950년대 등단한 시인부터 2014년까지 등단한 시인 266명이 자신의 대표작을 골라 뽑은 것으로, 60여 년의 현대시조 흐름을 한눈에 읽을 수 있는 텍스트 역할을 할 것입니다. 또한 시조의 기본이라고 할 수 있는 단시조를 비롯해 연시조, 사설시조, 동시조 등 현재 창작되고 있는 시조의 다양한 유형들을 살필 수 있어 시조를 이해하고 창작하는데 도움을 주는 교과서 같은 역할을 해줄 것입니다.

지금 시조문학이라는 상징의 숲에 흐르던 강물은 메말라가고 새들은 노래를 잃어가고 있습니다. 이제 700여 년 동안 한민족의 내재율로 조성한 그 상징의 숲을 다시 일구고 새들이 살 수 있는 숲으로 만들어야 합니다. 우리 정형시 시조가 우람한 수목으로 자랄 수 있도록 물과 거름을 주고 햇빛과 바람이 잘 들도록 관리해 뿌리 깊은 나무로 키워내 상징의 새가 노래하도록 해야 합니다. 시조에 대한 이해와 감상의 범위를 넘어 수용자의 삶에 가치로 구체화되었으면 하는 바람입니다.

끝으로 자선 대표작을 보내주시고 저작권을 허락해주신 시인들께 진심으로 감사의 절을 올립니다.

2016년 4월

차 례 | 현 대 시 조 자 선 대 표 작 집

11

ㅊ

동시조

울컥 만나다

강경화

돌솥비빔밥 먹는 동안 부고를 접하고도
딱딱하게 눌러 붙은 밥알들을 긁어댔다

떼어도,

잘 떨어지지 않는,

엉겨 붙은

지독한 삶

별똥별

강경훈

벌초를 하고 나서
열 십+자로 누우면

태어나서 한 번도
본 적 없는 어머니

그 어떤 쉼표만 같은 무덤 하나 놓고 갔다.

정녕 모르겠다.
내 몸과 맞바꾼 일

식어가는 이 계절에,
무릎 베고 누우면

풀벌레 울음소리도 아늑하고 따스하다

그렇다, 별똥별은
떨어지는 것만은 아니다.

지구 저 편에선
하늘로 솟아올라

어머니 둥근 바다를 환하게 밝히겠다.

세컨

강문신

1
안면에 레프트를 툭 툭 툭! 던지라구
가드가 오르는 순간, 갈비를 찍으란 말야
악물어, 이길 생각 마라 죽일 작정 하라니까

2
야 임마, 그걸 놓쳐, 코너에 다 몰아놓고
눈이 안 보여요 한쪽도 안 보이냐
벼르고 벼르던 경기잖아, 포기 할래, 여기서,

3
암만해도 모자란다 KO 외엔 방법 없어
"관장님, 그게 어디 아가씨 이름입니까?"
너 아직, 제 정신이구나 라스트야, 나가라!

멀구슬나무·1

강애심

어느 새가 물고 왔나, 묵주알 만한 씨앗 하나
집 떠난 내 대신 친정집에 눌러 산다
아버지 수술한 등에 철심처럼 박혀 산다

종갓집 오대 내력 유서처럼 다시 본다
서울에서, 서귀포에서 모여든 이 기일에
숟가락 그 빈자리를 채우는 생을 본다

뿌리도 시린 잠에 파르르 떨고 나면
전화 벨소리로 전율하듯 봄이 또 온다
내 뻗은 그 긴 가지에 악수 한 번 하고 싶다

쓰러지는 빛

강영환

불을 켠다 빈 방에서
쓰러지는 빛을 본다
물러나지 않는 어둠
대신 쓰러지는 빛
닫힌 창
벼랑을 넘어
광야에서 타는 불

불을 끈다 하늘에서
일어서는 빛을 본다
죽도록 사모하는 어둠
대신 온 몸 사루어
강 건너
바다를 지나
이승에서 지는 불

자벌레 보폭으로

강은미

움츠리면 몸이었고 쭉 펴면 길이었을

연체의 습성으로 한 생을 주무르던

곱사등 연초록 일념이 산 하나를 넘는다

다 두고 나서는 길 하늘에 짐이 될까

절망이 늘 그렇게 희망 쪽으로 다리를 놓듯

내 삶의 가장자리엔 초록빛이 가득해!

인정 없는 세상에서 굽힐만큼 굽히리라

더도 아니 덜도 아니 딱 그만한 보폭으로

눈 뜨고 길 잃는 세상, 눈 감고 또 길을 낸다.

사진 한 장

강인순

사진 속 아저씨는 한복을 입으셨다.
굳게 입을 다물고 뒤에는 일장기 둔 채
긴 칼 찬 일본인 관리
함께 찍은 소화昭和 18년

마을이 온통 간 후 돌아온 이 하나 없다.
오뉴월 긴 이랑을 눈물로 맨 우리 숙모
씨받이 아들 하나가
또 아들을 낳았다

낡은 사진 속에는 이젠 지울 눈물이 없다
돌아보면 서러웠던 시간의 생채기들
우리들 무딘 가슴에
대못처럼 박힌다

천 개의 귀

강정숙

늙은 산수유나무 귓불 닮은 열매 천 개
무엇을 듣고 있나 귀들이 탱탱하다
소리를 담아내느라 온몸이 출렁댄다

사람은 못 듣는 숲의 소리 불러 모아
발아래 미물에게 한 말씀 내리는가
쇠락한 등을 구부려 산자락을 받는 나무

산그늘이 결 풀어 그 한때를 적신다
오래된 뼈마디마다 맑은 피 차오르고
적막도 귓속을 닦아 경청에 드는 오후

도마

강지원

매운 마늘 다질 때는 눈물도 맺혔겠지
애호박 늙은 호박 칼집에 꽃이 필 때
온몸에 새긴 실금만 한 줄 두 줄 늘어나

비릿한 달빛 무늬 돋아난 듯 배어 있고
소금기 절여진 저 얼룩의 무게들

묵묵히 다 받아주고
견뎌오신
어머니

낙동강

강현덕

오래된
광목 저고리
너무 낡아 해진 올

조금씩
풀려나가는
하현달 소매 자락

바람이
그 끝을 잡고
천천히 당기고 있다

벌통 생각

강현수

오월로 가던 바람 잠시 머문 가라츠성城
향기 따라 바람 한 줄 또 한 굽이 돌고나면
서귀포, 고향 바다가 혈관마다 파도친다.

수술실 문턱에서도 아비는 벌통 생각
대신 사양 주던 날, 뚜껑 죄다 열려도
벌들은 꽃 밖에 나와 아버지를 기다렸다.

이역만리 내가 와놓고 무엇을 기다리나
사십 년 익은 몸짓 빈 꽃대만 빨아대도
때 되면 분봉分蜂의 시간, 비상하는 침 하나

과일가게 소묘素描

경규희

아이들 얼굴이 겹쳐
발길 절로 멈춰지고

지난 한때의 얼굴
나의 그 얼굴도 있네

어느새

풋가을로 온

인생 같은 이 과생果生들.

신용카드

고동우

지문 찍힌 주민번호 사는 곳 번지까지
자본의 문턱 넘어 건네 받은 카드 색깔

속 보인
삶의 칫수가
군살까지 훤하다

지하철 주유소에 백화점 서점으로
옆구리에 따라붙어 살가운 친구인 척

제 목에
자청해 옭아맨
밤낮 없는 CCTV

꽃잎 한 장 쳐다보네

고명호

가볍게 봄이라 외칠 때
꽃은 일생을 거네
새벽하늘 적시어 발원하는 가지마다

바람에 온몸 흔들며
써 내리는 육필을 보네

꽃을 피운다는 것은 몸속의 피를 내뱉는 것

향기 품은 푸른 잎이
내 몸을 다녀갔는지
안으로 길을 내다가 부르튼 입술 흉터

고통 없이 화려한 꿈 맞이하는 자 있더냐
삶의 굽이마다 꽃 한 송이 피우려고
그을린 바윗덩이를
껴안은 귤나무뿌리

뜨거운 박수도 없는 겨울 땅 속 걸어와서
고독한 영혼의 뼈마디 들녘에 곧게 세우고

비로소 단식을 끝낸
꽃잎 한 장 쳐다보네

쉿

고은희

아득한 하늘을

날아온 새 한 마리

감나무 놀랠까봐 사뿐하게 내려앉자

노을이 하루의 끝을 말아 쥐고 번져간다

욕망이 부풀수록 생은 더욱 무거워져

한 알 홍시 붉디붉게 울음을 터트릴 듯

한쪽 눈 질끈 감고서 가지 끝에 떨리고

쉬잇! 쉬 잠 못 드는 바람을 잠재우려

오래 전 친구처럼 깃털 펼쳐 허공 감싼다

무너져 내리고 싶은

맨발이 울컥,

따뜻하다

깃발

고정국

천년을 나부끼고도 접지 못한 상소上訴가 있어
뿔뿔이 초야에 묻힌 강골들을 깨우며
오늘도 천구의 목청을 하늘 길로 고하는 이

마지막 밀실 섭정의 소리 없는 타박을 견디며
피 묻은 돌멩이가 먼 신전神殿의 종을 칠 때
하나 둘 황실을 둘러 꽃송이는 비명에 갔다

스스로 깃발 든 자 성한 육신이 있었더냐
바람 부는 날을 골라 그대 뜻으로 펄럭이던
천추千秋에 대껴온 절개가 종탑鐘塔 너머 빛난다

하얗게 힘 겨루던 천파만파가 그 아래 엎디고
꼿꼿이 뼈만 남은 흑백 초상의 짧은 기척
초목도 기립자세로 푸른 뜻을 모은다

노루귀

공영해

내 생의
골짜기 길
노루귀가 맞았다

물소리 따라가는 길은 혼자 가게 두고

귀
쫑긋
함께 듣잔다

곤줄박이
저 재롱

겨울 연지蓮池

곽홍란

어쩌면 한 뉘 있어 가던 길 세운 걸까
살며시 귀 기울이면 처억 척 회초리소리
저 홀로 종아리 걷고 밤새도록 내리친다

세상으로 이어진 길 아득히 지워지면
비 젖고 쓰린 상처 바람이 말리는지
얼붙어 싸늘한 못물, 속살 데우는 마른 연蓮

쉬 썩을 수가 없어 까맣게 타버린 대궁
어둠 속 곧추앉아 아직은 먼 봄마중인가
숫새벽
제 심지 부벼
하늘 자락 지핀다

바람의 책장
―여유당*與猶堂에서

구애영

그물에도 걸리지 않는 그대의 표정을 보네
파도 소리 스며 있는 머리말 속살을 타고
첫 장을 지나는 노을
갈채로 펼쳐지네

오래도록 서 있었을 배다리 뗏목 위로
저문 하늘을 업고 떠나는 새떼를 향해
별들도 산란을 하네
넘어가는 책장들

갈잎은 결을 세우려 마음을 다스리는가
안개의 궤적을 뚫고 스러지는 이슬 안고
목민의 아슬한 경계
은빛 적신 판권이었네

* 다산 정약용 생가.

숫돌

권갑하

아찔한 날 선 삶을 온몸으로 껴안으며
낫을 갈 듯 살아오신 아버님의 팔순 생애
등 굽어 푹 패인 가슴 허연 뼈로 누웠다.

―균형을 잘 잡아야 날이 안 넘는 겨
갈무린 기도문인 양 깃을 치며 솟는 햇살
하늘빛 홍건한 뼛가루 목숨인 양 뜨겁다.

가슴 마구 들이치던 내 유년의 마른 바람
―물을 자주 뿌려야 날이 안 상하는 겨
촉촉한 귓전의 말씀 눈물 속에 날이 선다.

이어도

권도중

삶을 괴롭히던 또 다른 왕국王國이며
해수海水에 목이 잠긴 그 고운 신앙信仰이며
가서는 오지 않았던 살아 있는 천국天國이여

큰 그리움 만나려면 더 멀리 가야 한다
더 큰 그리움은 몇 날 며칠 지새운다
생과 사 이어도 사나 님 생각은 물길로 간다

난파되어 못 오면은 다음 배에 오리니
배 무거워 못 오면은 이어도에 사는 줄을
살아서 보고 싶어라 목숨이 물결로 오네

입이 없던 사람은 피리 되어 갔으리
아직도 철썩이는 꿈 건져야 할 깃발 푸른
긴 역사歷史 돌아와 있네 그리운 섬 이어도

꽃물편지

권영희

나도 누군가
한눈에 읽어주는

한 눈에 읽어주는
편지이고 싶어라

적벽돌 담장 너머 번지는
라일락이고 싶어라

작은 키 나무들 산다

권오신

큰 키 나무들 위만 보고 자라
가지 뻗고 잎을 달아 하늘을 다 가려도
그 틈새 한 뼘 햇살 속 작은 키 나무들 산다.

욕심은 욕심을 낳는 법, 제 분수 스스로 알아
작으면 작은 대로 꽃 피우고 열매 맺으며
큰 나무 그늘에 묻혀 작은 키 나무들 산다.

큰 키 나무들 비바람에 쓰러지며
눈을 못 이긴 잎들 가지째 부러져도
작아서 오히려 편안히 작은 키 나무들 산다.

너무 높이 올라 떨어질 듯 위태로운 데도
더 높이 오르려는 사람들 알기나 할까
작아서 오히려 편안히 세상 사는 법 있음을.

산실産室에서

권혁모

병원 산실 유리창 너머 꽃말을 듣고 있네
초롱꽃 민들레꽃 한 아름 받아 든 목련
전생의 이름표를 달고 꿈길 향해 달려오네.

나도 너처럼 거슬러 봄을 베고 누워도
밀어 보낸 썰물로는 다시 못 채울 그 하늘
산과 들 두 손 꼭 잡고 무지개를 바라 섰네.

단숨에 천지를 얻고 작은 영토를 만들어
그 안에 맑은 수액이 내 안에는 얼마나 있을까
해와 달 번갈아 안으며 소나기를 맞고 있네.

향낭

김강호

차오른 맑은 향기 쉴 새 없이 퍼내어서
빈자貧者의 주린 가슴 넘치도록 채워 주고
먼 길을 떠나는 성자
온 몸이 향낭이었다

지천명 들어서도 콩알만 한 향낭이 없어
한 줌 향기조차 남에게 주지 못한 나는
지천에 흐드러지게 핀 잡초도 못되었거니

비울 것 다 비워서 더 비울 것 없는 날
오두막에 홀로 앉아 향낭이 되고 싶다
천년쯤 향기가 피고
천년쯤 눈 내리고…

동백이 내게 와서

김광순

입춘이 보내왔던 폭설을 재워놓듯

산동백 필 때마다 그곳을 다 뒤덮던

목젖도

노란 3월이

하늘 닿듯 내게 와서

해종일 대숲 앞에 사운대는 바람이랑

한 묶음 편지처럼 절 마당에 내려앉는

멧새들

날아간 자리

볼이 붉어 서 있다.

고목 그 남루한 경經

김교한

내일은 미풍이 불까 서성거린 잿빛 고목
아낌없이 떨구고 있는 그 앞에 다가서니
왜 이리 잊히지 않는 잔상殘像이 허공을 맴도는가.

휘청한 가지 끝을 저녁노을 찍고 간다
줄 것도 받을 것도 없어진 줄 모르는 날
시간을 다 풀어놓고 남루한 경 내놓는다.

해금

김남규

또 다른 살 속으로
파고드는 맨살이다
마찰과 마모 사이
켜는 것과 켜지는 것
몸속에
갇힌 폭풍을
서로에게
겨눈다

어둠이 활을 안고
뒤쫓는 우리의 밤
끝에서 끝으로
눈물 없이 울어도
밑줄로
음 높이는 위로들
꽃잠으로
흩어진다

냉이

김덕남

혀 같은 새순 나와

톱니가 되기까지

한 생을 엎드린 채

푸른 별을 동경했다

서릿발 밀어 올리는

조선의 저 무명치마

채송화

김동인

홑이불 널 수 있는 맑은 아침입니다.

겹꽃도 피었네요 거꿀알꼴 맞습니다.

꽃받침 조각조각은 달걀꼴로 섰습니다.

이불이 마를 동안 꽃은 이미 시듭니다.

꽃 수명 짧아선지 여름밤도 짧습니다.

별똥별 스처간 자리 이불 당겨 놓습니다.

새—

김동찬

바람이 부는 날엔
새— 하고
노래하고 싶다.
오랫동안
떠나지 않는
기억도
약속도

난분분
꽃잎 지는 틈타
함께 날려 보내고 싶다.

악물고
닫아 두었던
가슴을 열고 나면

한 마리 새가 되어
가벼워진 몸뚱아리

눈물도
묵은 한숨도
새— 하고 날아간다.

엄마 마늘

김명애

잘 여문 씨 마늘을 하나하나 쪽을 낼 때
당신은 병실 한 켠 세상 시름 놓으시고
서너 평 눈물의 땅에
마늘밭을 일구었다.

혹한의 겨울나기 몸은 벌써 문드러져
촉 틔우고 새끼 치고 톡 쏘는 맛 되기까지
그 숱한 매운 눈물을
품어왔을 어머니.

손가락 마디마디 굽은 길 놓던 세월
마늘 엮듯 접을 지어 시렁에 걸어두고
때까치 울어대는 날
오시는 듯 가셨다.

등

김미정

속에 것 다 덜어내고 기우는 무게중심

못 갖춘 마디마디 속살에 바람 인다

가쁜 숨 내려놓으며 물고 가는 땅거미

가파른 직립에는 기댈 수 없는 그림자

그 높이 내려앉으며 포물선을 그릴 때

어머니 지고 오신 풍경 저녁놀에 부린다.

소록도 小鹿島

김민서

응어리로 얼룩진 남해의 작은 사슴
한센인 눈물방울 구석구석 스며들어
더 이상 자라지 않고 섬이 되어 누워 있다

손발 없이 키워낸 한 서린 소나무
황톳길 수탄장* 마침내 고하듯
당차게 하늘을 향해 꼿꼿하게 뻗어 있다

한숨뿐인 낙서들이 벽마다 새겨져서
가도 가도 황톳길 피-ㄹ 닐니리 피-ㄹ 닐니리
홀로 선 한하운 시비詩碑 촘촘히 박혀 있다

* 수탄장愁嘆場 : 한 달에 한 번씩 환자와 자녀가 일정한 거리를 두고 눈으로만 혈
  육을 만나던 눈물의 장소.

바다열차

김민정

파도는 흰 깃털을 살짝 내비치다가,

달리는 말굽으로 한참을 출렁이다가,

갈기를 휘날리다가,

소용돌이 치다가,

나를 읽지 마세요

김보람

사람들은 궁금하다, 상자 속의 이야기

뚜껑을 열어젖혀 빈 상자로 만든다

상자 속 주인공들은 늘 모함에 빠진다

누군가의 입 속에서 군침이 솟구친듯

갓 태어난 상자는 의심받기 시작한다

식탁이 흘러넘치게 문자를 쏟아낸다

네가 아는 내가 살아가는 세계에서

방향도 없이 나는 추가되고 삭제된다

마침내 나는 죽어서 흔적없이 사라진다

지리산의 달

김복근

부서지는 물 소리 그리운 바람이네

젊은 날의 뜨건 피는 저 달의 먹을 갈아

반백년 굴곡진 행적 붓끝을 곧추잡네

연면한 산봉우리 꼬인 길 슬멋 펴면

오십견 앓던 봉분 담묵처럼 물러서고

세석은 지리산 사초 천중월을 띄운다네

자격증 나들이

김삼환

1.
고용센터 게시판에 붙어 있는 저 안내문

사람답게 살고 있나 자격시험 보라는데

누구를 기다리는지 회전문도 딴청이다

구직 신청 필기대를 붙잡고 서서 보니

몸 속으로 기습하는 난삽한 겨울바람

무엇도 갖추진 못한 빈 가슴만 펄럭인다

2.
내가 무슨 자격으로 그런 말을 했던가

하루에 만 걸음씩 만 번쯤을 걸어봐야

발길이 여는 방향을 가늠할 수 있다고

바늘이 될 때까지 도끼를 갈고 갈아

그 바늘로 마름질한 몇 벌의 옷이라면

당당히 그 옷을 입고 갈 때까지 가 볼 텐데

퇴행성

김선호

돌아보면 아득히 참 멀리도 흘러왔다
뱃속에서 열 달
아니, 전생은 좀 길었나
지나온 길목, 길목마다 새록새록 돋는 별

때로는 금성처럼 새벽을 깨우다가
혹은 화성으로 갖은 애를 태우다가
무작정
주변을 맴도는 어지러운 토성이다가

아, 정녕
더는 갈 수 없는 이승의 막바지에서
다시는 돌아갈 수 없는 수백 광년 강가에서
마지막 사력을 다해 제 몸 태워 빛나는 별

일곱 빛깔

김선화

어머니는 혼신을 다해 그릇을 만드셨다

그 중 하나는 별이 되어 우리를 지켜주고

나머지 여섯 그릇은
덧칠을 하고 있다

금이 간 그릇은 자꾸 눈물을 쏟고

잘 닦인 그릇은 반짝, 주위를 밝혀준다

명절엔 제 빛으로 서로
벌어진 틈을 메운다

미완의 유랑

김선희

초록을 다 지우고 이제야 꽃물 드는

여름내 참았던 불씨 한순간에 번져온다

온산이 울음 끝에서 제 빛깔을 비워낼 때

단풍도 때를 만나 스스로 물오른다

마음을 묶어놓고 눈길까지 닫아 봐도

자꾸만 치켜 올라가는 젊은 날 바지랑대

결 고운 나이테를 휘감는 바람결인가

끝없는 흔들림 속 미완의 유랑인가

몇 번씩 까무러친다, 가을이 가나보다

방울실잠자리

김세진

습지에 비가 왔다 사나흘 이어졌다
우화를 막 끝낸 것, 채 끝내지 못한 것들
갈대를
베어 문 바람
서걱서걱 울고 있다

두어 시간 날이 들면 연해 날개를 털고
암컷의 유혹과 경계의 동시성을 띤
새하얀
방울소리만
소택지에 낭자하다

바르르 치떠는 날개, 마지막 구애를 한다
배 끝 관상돌기 연신 부풀어 오르면
서둘러
물풀 사이로
꽁지 내려앉는다

만근萬斤인 줄 몰랐다

김소해

거기 오래 당신 없어 고향집 쓰러질 듯
빈 집 애처로워 제값이라 팔았는데
이상한 거래도 다 있다 고향이 없어진

고향을 잃어버린 남의 동네 서먹하다
하늘과 바람이며 갯바위나 파도까지
덤으로 팔려버렸다 어이없이 밑진 장사

그게 그렇게 고향산천 떠받치는 줄 몰랐다
마당만 몇 평 값으로 팔았다 싶었는데
낡은 집 한 채 무게가 만근인 줄 몰랐다

겨울강

김수엽

보아라 겉으로는
무능한 뼈마디로 굳어
머리를 흔드는 바람
두드리는 눈발도
거부할
몸부림조차
시작되지 않았다

올려 보면 썰렁한
가지마다 순백의 덧칠
산맥은 사연 한 줄
남기지 않고 내달리다
내 위에
그림자로 오는
짓밟힌 기억 하나

묶인 몸 소리로 풀어
산을 감아 무너지면
땅속 틔는 숨소리도
푸르게 누벼오고
마침내
은비늘 돋는
가장 깊고 낮은 곳

청해진을 읽다

김연동

불립문不立文 섬과 바다 만 갈래 시름 벌을

첩지나 받은 듯이 성채 짚어 휘달리며

맨발로 꽃밭을 일군 푸른 고전 받쳐 든다

너울 치는 그리움을 갑주 속에 접어 넣고

시린 칼 그 절제로 무두질 하던 대륙

더운 피 매운 결기로 써내려간 서사시를,

비린 가슴 비워내면 길 위에 길이 되나

꿈을 펼쳐보라는 듯 열어젖힌 물길 위에

아득한 천년의 햇살 염장鹽藏하듯 뿌린다

등을 기대고

김연미

엄마 등에 제 등을 대고 책을 펴든 우리 아이

귀찮다 하면서도 가만히 힘을 빼면

오, 제법 무게 받드는 일곱 살 된 뼈마디

그래 그래 그렇게 언덕이 되어야지

살갗의 촉을 세워 등뼈를 더듬으면

7볼트 전류로 답하는 이 작은 떨림이여

산맥으로 자라거라 힘살 고루 배이도록

반듯하게 힘을 맞춘 아이 등과 내 등 사이

두 개의 심장소리가 세마치로 울린다.

• • • • • •

김영란

아프면 아프다고

소리칠 줄 알아야지

그리우면 그립다고

말할 줄도 알아야지

뜬 눈에

사흘 밤 사흘

맨발로

걸어왔네

꽃과 장물아비

김영순

봄에는 따라비오름
초여름엔 사려니숲
유채꽃 족낭꽃 찾아 벌통도 따라간다
이사에 이골 난 차를 끌고 가는 유목의 피

나더러 장물아비라고?
미필적 고의라고?
난 단지 벌통을 꽃 곁에 놓았을 뿐
꽃 속의 꿀을 훔친 건 저들의 짓 분명하다

벌의 몸을 통과해야 꽃물도 꿀이 되듯
내 가슴을 관통한 저 못된 그리움아
좌판도 흥정도 없이 야매로 팔고 간다

마음

김영재

연필을 날카롭게 깎지는 않아야겠다

끝이 너무 뾰족해서 글씨가 섬뜩하다

뭉툭한 연필심으로 마음이라 써본다

쓰면 쓸수록 연필심이 둥글어지고

마음도 밖으로 나와 백지 위를 구른다

아이들 신나게 차는 공처럼 대굴거린다

풀잎이 하는 말씀

김영주

풀잎이 V 요렇게 돋아나는 까닭은
사람과 사람 사이 파고들고 싶단 말씀
사람과 사람 사이를 이어주고 싶단 말씀

풀잎이 또 V 요렇게 돋아나는 까닭은
사람과 사람 사이 떼어주고 싶단 말씀
가까워 너무 가까워 상처 주지 말란 말씀

풀잎이 자꾸 V 요렇게 돋아나는 까닭은
사람도 풀잎처럼 손 내주고 살란 말씀
손잡고 바람 부는 대로 흔들리며 살란 말씀

빗살무늬

김용주

오래된 LP판 위로 햇살이 앉아있다
쉰 소리로 돌아가는 그대 낡은 봄빛
갈라진
발뒤꿈치 사이
꽃물 드는 저물녘

가등 켜진 골목길 한 짐 시름 부려놓고
바람 풍금 마디마다 풀어 가는 봄날이여
촘촘히
파고든 허물
마냥 투명하다

새벽

김원각

먼 바다 은어떼들 굽이쳐 가고 있는지

허공에 비늘 튀는 그런 소리 흩어지고

무수한 거울이 모여

내 몸을 비추고 있다

나무

김월준

조상들 잊을 수 없어
어린것들 버릴 수 없어

한겨울 모진 바람
진눈깨비 속에서도

상하常夏의 나라 다 두고
지켜 섰는 이 터전

난 몰라 언제부터
여기, 뿌리 박은지를

자라고 자라고 싶은
애끓은 발돋움에

깊은 맘 울릴 얘기로
기도하는 푸른 분수噴水!

바람의 날

김윤숙

선녀가 내려왔다는 오름이어서일까
눈 내려 주위가 온통 빛으로 환할 때
억새는 싸리비 되어
바람을 쓸고 있다

나는 한때 너에게 모든 것을 맡겼지
제주 바다 손짓하는 오름 올라 글썽이면
쉼 없이 불씨 살리려 몸을 낮춘 바람이여

산록도로의 저 길들을 마음에서 지우고
허공의 길들을 무수히 내어 놓으며
괜찮다 그저 괜찮다,
바람은 저를 버린다

나 홀로 나무

김윤숭

영화 속의
한 장면
은행나무
침대지

외로운
그리움에
그 속은
까맣겠지

그래도
위풍당당히
천년 사랑
기다리지

혀

김윤철

장돌뱅이 허생원의 늙고 지친 나귀 같은
십년 넘어 기력 다한 트럭을 토닥이며
하루만 더 달려보자 편자 못을 고른다

눈 한번 흘겼다고 떨어지는 하눌타리 꽃
주야장천 불문곡직 맥 놓고 서버리는 차
더 이상 맡겨두는 일 부질없다 이르는데

언제부턴가 혈관 속 가로막는 노래기 하나
뒤엉킨 다리를 끌고 되똑되똑 지정지정
트럭이 멈춰서기 전 내미는 꼭, 혀 같다

새처럼

김의현

폭우 속 극점인 듯 날아오른 하얀 새

완벽한 대칭의 몸 떠밀리듯 휘청대다

일순에 가파르게 기운다 소리쳐 다시 난다

생애를 이끌던 팽팽한 저 날개짓

산을 덮은 비안개 속 제 궤도를 놓치고

품안에 숨긴 발톱은 뭉툭하게 닳았어도

새처럼 사는 거다 빈 등뼈로 건디다가

달도 뜨지 않는 밤 서늘하게 기울다가

가끔은 너울대다가 후득이며 나는 거다

눈 오는 저녁의 시

김일연

어둠에 손을 씻던 맑은 날들을 길어

내 언제 저렇도록
맹목을 위하여만

저무는 너의 유리창에 부서질 수 있을까

무섭지도 않느냐 어리고 가벼운 것아

내 정녕 어둠 속에
깨끗한 한 줄 시로만

즐겁게 뛰어내리며 무너질 수 있을까

순례의 날

김임순

단발머리 내 뜰엔 사과나무 푸르렀다
돌담을 돌아가던 초승달 불러 앉히면
아랫목 이불 아래선 꿈들이 발효됐다

개울가 내달리던 진흙 묻힌 어린 발등
집으로 가는 길은 갈대가 늘 앞서가고
어머니 둘레밥상은 식은 지 오래였다

흔들리는 가로등불 외진 기억 밝히면
머뭇머뭇 옷 벗는 내 흐린 날들이여
아직도 크지 못한 날 사과향에 젖어 있다

가을 을숙도

김정

머릿수건 벗어든 물억새를 배경으로
빗살무늬토기 빚던 철새 떼 저 춤사위
무대를 내준 갯벌이 놀 조명에 환하다

3막이 채 끝나기 전 자리 편 일몰 앞에
꽁지로 담묵 찍어 하늘에 시를 쓴다
산등성 돌아난 반달 글 말미에 낙관 찍고

먼 길 돌아돌아 뒤채던 물줄기도
다다른 하구에서 지친 몸 푸는 시간
빗장 연 어머니 자궁 따뜻하게 감싼다

알고 있네, 저 제비꽃

김정연

어디서,
"저 봄 잡아!"
"저 봄 좀 잡아도고"

갈맷길 돌계단 옆
낭자한 꽃 보고 보는데

우야꼬,
파랗게 질린
제비꽃 하나 날 붙드네

바람

김제현

바람은 처음부터
세상에 뜻이 없어

이날토록 빈 하늘만
떠돌아 다니지만

눈 속의 매화 한 송이
바람 먹고 벙근다.

매이지 말라 매이지 말라
무시로 깨워 주던

포장집 소주맛 같은
아, 한국의 겨울 바람

조금은 안 됐다는 듯
꽃잎 하나 떨구고 간다.

삽살이 똥털 같은

김조수

못 본 척하면서도
세상 풍경 그려보고

못 들은 척
하면서도
귀 열고 듣고 있는

토종견
천리길 귀신
후각으로 잡는다

믿을 것도
숨길 것도
더 이상 없는 세상

내 눈빛
숨기지 마라
양심 고백 할 뿐이다

삽살이 똥털 같은 세상
부끄러워 죽을 판이다

파김치

김종빈

객지 사는 큰놈이 제일 좋아한다며
매운 눈물 흘리며 다듬었을 울 엄니
파뿌리 머리카락은 은비녀 쪽을 짓고

벗겨낸 파 껍질을 쏙 빼닮은 손으로
삼삼히 간을 맞춰 한 단지 담가놓고
손꼽아 달력을 세며 파 꽃처럼 웃었겠다.

마디게 자랄수록 진하다는 맛과 향
남새밭 품속에서 가닥가닥 키워내
아리게 버무려 보낸 그리움을 씹는다.

완사역

김주경

기차시간 맞춰서 경운기가 도착했다
지루한 풍경의 입꼬리를 당기며
버젓이 플랫폼으로 나온
할아버지 자가용

적적한 간이역의 깜짝 이벤트인가
꽃무늬 양산까지 받쳐든 마중 길
할머니 더딘 걸음에 반짝 생기가 돈다

지금도 첫사랑처럼 마음이 설레는지
나란히 어깨를 모은 한 몸 같은 뒷모습
한 생의 화양연화花樣年華를 오늘 다시 읽는다

골목길에 쌓인 눈

김준

하늘을 뛰쳐 나온 골목길 하얀 눈이
낮은 세상 높이려고 수북히 쌓여 있다
발아래 밟히는 허물 그마저도 묻혔다.

벌목 1

김진길

울울창창 솔숲에서
간벌이 한창이다

잘려나간 나무 밑동
낭자한 유혈들,

상처가 깊은 길섶은
그 향기도
깊다.

시시한 시

김진수

도대체 어디 가서 시를 만날 것인가

어떻게 쓰는 것이 시가 된단 말인가에

"고것 참, 배웠단 놈이 그런 것도 모르냐?"

언문言文을 배우신다 기어이 우기시는

한글학교 갓 입학한 일흔여덟 울 어머니

"시옷에 짝대기 하나 빤듯이 끄서봐라!"

시옷에 짝대기를 빤듯이 끄서보니

사람(ㅅ)이 올곧은(ㅣ) 생각하날 부린다?

아뿔사, 이것이었네 네 모습이 시로구나

고구마

김진숙

다산多産의 날들 앞에
눈물 꽤나 참았구나

탯줄도 마르기 전
젖을 뗀 늦둥이처럼

현관 앞
흙 묻은 신발들

귀갓길이
젖어 있다.

연리목

김진희

연분홍 바람소리
시간을
멈춰놓고

사랑한다 사랑한다
뻐꾹새
풀어놓고

산그늘
앞섶 여미는
낙화암 위
노부부

겨울 너와집

김창근

잣눈에 반쯤 묻힌 너와집에 들고 싶네

해묵은 시름마저 고콜 속에 불사르면

흰 연기, 까치구멍에서 광목처럼 펼쳐지는

마지막 소망 하나 그래도 남겠거든

화티의 불씨마냥 가슴속에 품은 채로

눈 쌓인 화전밭 고랑에 파묻혀도 좋겠네

어느 봄 새싹 돋듯 그 불씨 되살아나

양쪽 어둠 밝혀주는 두둥불로 피어난다면

설피를 그냥 신은 채로도 기꺼이 묻히겠네

내 마음의 적소, 동암

김해인

만개한 슬픔이 갯물처럼 밀려온 날
내 마음의 적소인 동암으로 달려가
슬픔을 마무리 지신 다산에게 매달리네

신유년 일사이적에 무너질 뻔 하셨지
밀려온 슬픔이 목까지 차올라도
동암에 똬리를 틀고 견디어 내셨지

문지방을 넘나들던 죽음도 감동했지
솟구치는 그리움을 서책으로 눌러놓고
주야로 마음의 붓을 놓지 않는 모습에

구강포 갈대밭에 고니 떼가 찾아와도
때가 되면 붙들어도 어김없이 돌아가지
슬픔을 징검돌 삼아 세상을 건너야지

자수刺繡

김현

누이의 베갯모에 나르는 학의 나라
사철 바람 없는 바다가 고여 있어
고운 실 목숨을 풀 듯 가지마다 피는 봄

어느 날 어느 뫼에 나래 접어 쉬어 볼까
날아도 날아가도 닿을 길 없는 천지
손끝에 여민 세월이 수면睡眠보다 깊어라

풍경을 넘어서면 뜰 가득 시름인데
땀방울 송이송이 꽃으로 피는 지역
오늘도 바늘귀 따라 남은 날을 날을까

못
—이혼녀

나순옥

혹독하게 내려치는 망치의 그 매질도
탄력 좋게 받아내며 당당히 박혔었지
벽면을 쩡쩡 울리며 자리 잡고 으스댔지

걸 것
못 걸 것
모두 걸어 힘들었고
게다가 무심한 벽은 더 힘들게 만들었어

나날이 야위어가며 탈출을 꿈꾸었지

자리 옮김 다지면서 벽에서 뽑혔을 때
반쯤은 휘어지고 벽면도 뚫어졌어

한자리 박힌 그대로
그냥 살걸 그랬어

봄 숲

노영임

빼꼼히
눈만 내밀고
어쩌나, 나갈까 말까

나 누구 게?
봄 햇살
슬쩍 간지럼 태우자

까르르
참았던 웃음
연둣빛으로 터진다

꽃들의 말

노중석

그윽한 향기로 채울 하늘은 비워둡니다
눈보라 황사바람 눈을 뜰 수 없어도
겹겹이 빛을 껴안고 꽃망울은 부풉니다

우아한 몸맵시는 그리움의 형상形象입니다
그대 바람처럼 말없이 떠나갈지라도
돌아올 그날 기다리며 이 길목을 지킵니다

아름다운 침묵은 영혼의 말씀입니다
팔이 떨어지고 허리가 꺾이어도
말할 수 없는 비밀은 씨앗 속에 묻습니다

조각 비누를 위하여

노창수

죽어도 좋을 만큼
일으켜 때를 불렀다

살아나 기쁠 만큼
눕히어 때를 떼냈다

눈떠 봐 거품 꽃잎이
때를 맞춰 웃었다

노동이 시작되고
가쁜 손 다듬었다 너

귀가를 기다리며
둥근 몸 그려갔다 나

합환에 닳아진 우리
때도 없이 애무했다

카르페 디엠*

류미야

육십꺼정도 싫었쥬 힘든데 뭐더러유?
그 냥반 냉긴 지팽이, 근디 내 울증 고쳤슈
산머리 척, 올라서면 그땐 참말 산 것 같쥬

77세 그녀 별호는 북한산 날다람쥐**
오롯한 '산 것'이 되어
오늘 절정을 오른다

푸른 봄! 청춘은 저런 것
언제나 산,
현재진행형

* 라틴어로 '현재를 즐기라'는 뜻.
** 2015. 6. 20. 〈중앙일보〉 기사 재구성.

봄, 우포

문수영

굳은살 몸 안에다 시침을 박아 넣으면
지나는 바람결에 주름 하나씩 펴지고
아득한 세상 끄트머리,
봄날로 떠오른다

바람도 숨을 죽이는 햇살 가득한 정오
억만년 쌓인 무게 우듬지로 끌어 올려
가만히 물속에 앉아
꿈을 꾸는 나무들

세파도 이 한철에 결 고운 빛이 되나
지우고 다시 피어날 생생한 가시연꽃
서둘러 안개 털어낸다,
길 속에 길을 뚫는다

지구를 찾다

문순자

한라산도 수평선도 한눈에 와 쏙 박히는
제주시 외도동은 그야말로 별천지다
아파트 옥상에 서면
대낮에도 별이 뜬다

수성빌라 금성빌라 화성빌라 목성빌라
그것도 모자라서 1차, 2차 토성빌라
퇴출된 명왕성만은
여기서도 안 보인다

스스로 빛을 내야 별이라고 하느니
얼결에 궤도를 놓친 막막한 행성처럼
내 안에 실직의 사내
그 이름을 찾는다

이순耳順

문주환

내 귀에

달팽이가

세들어 와 산다.

한여름 내내

매미 울음만 듣다가

어느새

가을이 왔는지

귀뚜라미가 울어 쌴다.

달세 광고지를 붙이며

민달

민락동民樂洞
백산白山 어귀
파란 대문을 찾으셔요

네모진 홑이불 줄기차게 걷어차도 따습게 맨살 부빌 햇누런 구들방
과 하늘채 가차운 다락방多樂房이 있어요 천장에 붙여놓은 몽금포 모
래알이 코앞에서 보풀보풀 솜털되어 쌓여가죠 솥단지만 안쳐도 넘쳐
나는 부엌과 무릎 내음 너풀대는 뒷간이 가붓대죠 함박웃음 머금은
구름장도 보이고 집 떠나온 씨톨까지 채마밭이 싹 틔우죠 이제는 훌
쩍 커버렸을 경은, 영광, 다연…* 풋풋한 아이들 손 맞잡고 오셔요 푸
드득, 첫 눈 맞으며 어서어서 오셔요

화들짝 찾아주셔요
두근새근
기다릴게요

---

* 몇 해 전 실종되어 지금도 찾고 있는 어린이들의 이름.

들풀

민병도

허구한 날
베이고 밟혀
피 흘리며
쓰러져놓고

어쩌자고
저를 벤 낫을
향기로
감싸는지…

알겠네
왜 그토록 오래
이 땅의
주인인지

주흘관을 지나며

박권숙

문경에 와서 문득 길이 새였음을 안다
긴 침묵의 부리로 석양을 쪼고 있는
거대한 저 바위들도 원래 새였음을 안다

죽지뼈 한 대씩을 부러뜨려 길 밝히고
부신 뒷모습으로 재를 넘는 가을산
봉암사 극락전 한 채 봇짐처럼 떠메고

내게는 또 몇 개의 영과 재가 남았을까
그리움의 시위를 당겨 날개를 꿈꾼 이들
저렇게 새재를 넘어 먼길 갔을 것이다

뻐꾸기 우는 날은

박기섭

뻐꾸기 우는 날은
뻐꾸기 울음터에
여남은 개 스무 개씩 돌팔매를 날려본다
돌팔매 날아간 족족
앉는 족족
너 있다

아니면 또 한나절을
꽃밭 가에 나앉아서
봉숭아 채숭아를 송이송이 헤어본다
다홍빛 분홍빛 속에
그 꽃 속에
너 있다

뻐꾸기 우는 날은
뻐꾸기 울음 따라
십 리쯤 시오 리쯤 자드락길 걸어본다
하현달 사위는 서녘
그 서녘에
너 있다

맹탕도 한 맛이니라

박남식

죽음도 삶의 일부라 버릇처럼 말한 그대

세상사 인연 맺고 끊음이 어렵다는 것

내 오늘 눈치챘다네

흔들리는 눈빛 보며

밤낮없이 차 즐기던 그대가 없다 해도

혀끝에 감기는 맛 오관을 관통한다

생사를 초월한 이여

맹탕도 한 맛이니라

찔레꽃 수제비

박명숙

1
수제비를 먹을거나 찔레꽃을 따다가
갓맑은 멸치국물에 꽃잎을 띄울거나

수제비, 각시가 있어 꽃 같은 각시 있어

2
거먹구름 아래서 밀반죽을 할거나
장대비 맞으면서 솥물을 잡을거나

수제비, 각시가 있어 누이 같은 각시 있어

한소끔 끓어오르면 당신을 부를거나
쥐도 새도 눈 감기고 당신을 먹일거나

수제비, 각시가 있어 엄마 같은 각시 있어

목도장 파는 골목

박성민

노인의 손끝에서 이름들이 피어난다.
이름 밖 나뭇결이 깎여나는 목도장.
움푹 팬 골목길 안도
제 몸 깎고 피어난다.

캄캄한 음각 안에 웅크려 있는 고독.
나 아닌 것들이 밀 칼에 밀려날 때
촘촘한 먼지 속에서
울고 있는 내 이름.

노인의 이마에서 전깃줄이 흔들리고
골목에 훅, 입김 불자 길들도 흩어진다.
도장에 인주를 묻혀
붉은 해 찍는 저녁.

지상에서 가장 아름다운 이름

박시교

그리운 이름 하나 가슴에 묻고 산다

지워도 돋는 풀꽃 아련한 향기 같은

그 이름

눈물을 훔치면서

뇌어 본다

어ー머ー니

파적破寂

박연옥

올챙이 떼 와자한 다랑이 무논 위로

하늘을 찌를 듯이 개개비소리 날아가자

봄이다! 놀라 흩어지는 물에 비친 구름들

돌미나리 새순 위로 이슬 흠뻑 내려앉은

보이지 않는 아침이 파랗게 젖었다

민들레 하얀 목덜미 흔들고 가는 바람

휴休

박옥위

선운사 골기와 눈 녹은 물방울이
햇살을 등에 업고 아슬하게 떨어진다

'퐁' 어여如如

물의 종소리, 그 울림이 아릿하다

홈 밖에 튕겨 나온 금모래 알갱이가
옹당이의 고요에 살풋 발을 디민다
순은 빛 해의 속니가 그늘 쪽에 반짝 뜬다

몸 가벼운 멧새 세넷 포로롱 날아 오가고
시나브로 눈은 녹아 옹당이에 떨어지고

고요 속

물의 종소리, 눈 감아도 환하다

돌종

박정호

돌 속에 갇혀 있는
천둥소리 깨우러 간다
돌 위에 돋을새김된
그대를 부르러 간다
아, 그대 청천벽력 같은
울음을 받들러 간다.

천 개의 산을 넘고
천 개의 강을 건너
쩌엉 쩡, 머리 찧으면
섬광처럼 눈뜨는 그대
수미산 폭포수를 타고
내리시는 항하사의 아침……

미간

박지현

아는 길도 오래 걸으면 모르는 길이 된다

익숙한 돌멩이도 낯익은 풀들조차

발길을 가로막으며 불심검문 깜박인다

내 생의 어느 행간을 잇는 갈래길인가

오래 전 걸어왔던 미간에 갇힌 시간들

우거진 환삼덩굴에 표지석도 숨어버린

햇살도 숨을 고르는 너덜겅에 오른다

묵언수행에 몸 맡기면 고요도 낯설어서

미간의 돛 없는 길이 저만치 앞서간다

환절기

박해성

검은 산이 졸고 있네
매화 꽃잎 흐르는 강에

돌멩이를 던지자 화르르,
물새가 날고

그 울음 삼킨 허공엔

노랑부리
초저녁별

설일雪日
-화순 개천사

박현덕

저만치 눈이 온다 온 산을 작신 때려
나무들 뼈만 남아 흐득흐득 뒤척이고
산새의 울음도 끊겼나, 살 베는 폭설이다

마음이 비워지듯 길이란 길 다 사라져
사십구재 마치고 절 마당에 나온 식솔
더 깊게 쌓이는 적막, 껴안으려 팔 내민다

대웅전 앞 고목에 희끗희끗 붙은 눈
문드러진 살결에 소리 없이 숨결 넣어
슬픔의 뼈마디마다 큰 새가 날아오른다

OMR카드

박희정

OMR카드가 완성될수록 너의 뇌는 죽어간다

한 치의 흐트러짐 없이 공란도 허용치 않는

알잖아, 숫자로 매겨지는 지긋지긋한 순간들

세상은 한 획으로 그을 수 없다는 걸

시행착오와 오뚝이 인생, 그 다음에 오는 것들

때때로 터무니없는 시험에 절규하는 너의 뇌

흰색의 배후

배경희

그녀의 그림들은 조용해서 춥다하고

색색의 소리까지 흰색에 갇혔다며

꽃들의 본색만 찾아 아름답다 수군댄다

사과는 빨갛다는 고집스런 집착 속에

총알 한 발 놓는다 중심 뚫고 지나가듯

의미가 파편들 속에 흰색이라 읽는다

연꽃우체통

배우식

바깥소식 궁금해진 버들붕어 송사리가
연못 속 꽃봉오리 하나 둘씩 밀어 올린다.

어느새 세상에 앉아
제 몸 여는 빨간 연꽃.

일제히 물고기의 말들이 날아오른다.
사람의 마을 향해 환하게 열려 있는

저 꽃은 빨간 우체통,
두근거리며 바라본다.

편지를 배달하는 체관 물관 분주하고,
글 읽는 말간 눈의 물고기가 보인다.

오늘도 연꽃우체통에
편지 한 통 넣는다.

한 음악가를 위하여

백순금

문틈 베짱이 녀석

막무가내 흥정 끝에

어젯밤 방 한 켠에

사글세를 내주었다

밤마다

독창 연주회

해준다는 유혹에

모시 이야기

백승수

결 바랜 태모시를 시절 가려 이어내고
굿 삼아 날아 매어 도투마리 감친 틀에
한산韓山땅 전설이 익어 맥이 뛰는 날줄들.

쇠꼬리 끄는 발에 세월 문살 여는 소리
바디집 잘각잘각 엉킨 북실 절로 풀려
떠나간 고운 님 얼굴도 얼무늬로 짜이네.

속실 뚝 끊어지는 잉아 속을 더듬으면
풀 먹여 지운 자리 쌓인 정이 저려 닿아
싸락눈 드는 이 밤이 새말갛게 타오네.

잔별 밭 되 바래낸 세모시 오린 자락
솔기 없는 선녀 바늘 솔바람에 꿰어내면
꿈 고른 한 뜸 인연이 앙가슴을 누비네.

옷섶을 만져보면 속삭임 새어나고
가녀려 차디찬 올 삭인 외롬 감은 눈매
금강錦江물 그리움 돌아 하얀 꽃을 피우네.

서른이 미생未生이다

백이운

일하는 개미이고 싶은 내 이름은 알베르토

무료급식에 공중수도로 끼니를 때운 뒤

햇빛 속 자작나무 숲을 일터처럼 찾아들었다.

세상은 언제 내게 일원임을 허락했던가

풀벌레 독경소리 숲길에 울려퍼진다

나뭇잎 한 장 덮고서 열반에 든 쓰르라미.

개미들 문상 와서도 상차림에 분주하다

먹다 남긴 빵부스러기도 너희에겐 성찬이구나

내게도 그런 일자리 어디라도 얻어질까.

서른 해 자라나면 자작나무도 숲을 이루고

풀들이며 벌레들 그 아래 키우는데

내 이름 청년백수는 서른이 미생未生이다.

버선 한 척, 문지방에 닿다

백점례

참 고단한 항해였다
거친 저 난바다 속
풍랑을 맨손으로 돌리고 쳐내면서
한 생애, 다 삭은 뒤에 가까스로 내게 왔다

그 무슨 불빛 있어
예까지 내달려 왔나
가랑잎 배 버선 한 척 나침반도 동력도 없이
올올이 힘줄을 풀어 비바람을 묶어낸 날

모지라진 이물 쪽에 얼룩덜룩 번진 설움
다잡아 꿰맨 구멍은 지난날 내 죄였다
자꾸만 비워 낸 속이 껍질만 남아 있다

꽃무늬 번 솔기 하나 머뭇대다 접어놓고
주름살 잔물결이 문지방에 잦아든다
어머니, 바람 든 뼈를
꿈꾸듯이 말고 있다.

주남저수지

서석조

물은
이제 항거한다
모든 길
얼려 물고

철새 몇 날아들며
적막을 헤집을 뿐

수문도
빗장에 질려
요지부동 녹슬었다

흐르기만
하였으랴
부림만
당하였으랴

날개 접어 순명하는
뭇 생령의 이 종착지

보송한
버들개지에
노을빛이 스민다

참 맑다

서성자

'우리 딸 시집가는 날' 달력에 크게 쓰고
아침이 참 맑다며 이불을 널다가

노을을 흠뻑 쏟아놓고
깔깔 웃는 엄마야

흘러간 어느 날의 구름 위를 거니는지
꽃이불 머리에 쓰고 사뿐히 앉았다가

춘화를 그린 밤처럼
붉어지는 엄마야

가볼 수 없는 그곳은 명징한 슬픔이라
엄마는 희미해지고 나는 자꾸 늙는데

세상이 아닌 길을 더듬는
눈물 고운 엄마야

물소리를 듣다

서숙희

때론 보이지 않을 때 열려오는 귀가 있다
달 없는 밤 냇가에 앉아 듣는 물소리는
세상의 옹이며 모서리를 둥근 율律로 풀어낸다

물과 돌이 빚어내는 저 무구함의 세계는
제 길 막는 돌에게 제 살 깎는 물에게
서로가 길 열어주려 몸 낮추는 소리다

누군가를 향해 세운 익명의 날刃이 있다면
냇가에 앉아 물소리에 귀를 맡길 일이다
무채색 순한 경전이 가슴에 돌아들 것이니

거꾸로 읽는 시

서연정

빚어 숨 불어넣고 뜨거운 펜 놓았겠지

뒤에서부터 한 행씩 더듬어 올라간다

깊은 산 시의 탯자리 분화구를 찾아서

도착이 출발인 길 정상頂上은 원점이다

씨앗 속 꽃잎 같은 휘파람을 물고서

아름찬 벼랑을 날아 발자국을 지운 새

병산 우체국

서일옥

이름 곱고 담도 낮은 병산 우체국은

해변 길 걸어서 탱자 울을 지나서

꼭 전할 비밀 생기면

몰래 문 열고 싶은 곳

어제는 비 내리고 바람 살푼 불더니

햇살 받은 우체통이 칸나처럼 피어 있다

누구의 애틋한 사연이

저 속에서 익고 있을까

할미꽃 시계

서정택

할머니,
발치에 걸린,
햇살이 깨졌어요

아가야 미안하다

사금파리 치우려

꽃대궁
구부린 허리
오후 여섯 시 삼십 분

장안경로당

서정화

누가 고도리를 꼭꼭 감춰두고 있을까

조심스레 패를 뜨고 종달새 먹으려 움켜쥔 손, 우산 든 사나이에 난데없이 꿩이 날고, 에라이, 똥이나 먹자, 어머나, 자빽을 다 하시네, 쌍피에 흘깃대는 눈들, 바닥에 깔린 휘파람새 아무도 먹지 않아 입맛 다시며 안절부절 못하다가 그만 봉황도 놓치고 어안이 벙벙, 솔광을 뚝심 있게 내려놓자 두루미가 날아가니 환장하겠네, 공산은 어디 갔는지 철새가 훨훨 날아가고, 헐, 홑껍데기만 남았구나.

오늘도 끗발 세우려다 어느덧 해는 지고….

강江이 쓰는 시詩
—낙동강·415

서태수

강물은 흐르면서 일 년 내내 시를 쓴다
바람 잘 날 없는 세상
굽이마다 시 아니랴
긴 물길 두루마리에 바람으로 시를 쓴다

낭떠러지 떨어지고 돌부리에 넘어진 길
부서진 뱃조각을 물비늘로 반짝이며
수평의 먼동을 찾아 휘어 내린 강의 생애

온몸 흔들리는 갈대숲 한 아름 묶어
서사는 해서체로, 서정은 행서체로
시절이 하수상하면 일필휘지 초서체다

비 섞고 눈을 섞고 햇볕도 섞은 시편詩篇
파고波高 높은 기쁨 슬픔
온몸으로 새겼어도
세상은 시를 안 읽고 풍랑風浪이라 여긴다

곰국

선안영

장작불에 끓여서 택배로 온 사골국물
몇 번씩 우려내느라 어머니 병 앓았을

분주한 시간의 뒤꼍에
우두커니 버려져서

상한 국물 버리는데 끌끌끌 혀를 차듯
하수도를 맴돌 다 죄 빠져 나간다

뼈 구멍 숭숭 뚫리도록
또 당신의 등골 뺀 밤

한 사발의 곰국이 젖이 되고 꽃이 되길
주문처럼 되뇌었을 기도소리 들려온다

멀겋게 더 우릴 것 없는
진기 다 빨린 어머니

춘추 春秋

성국희

1
허허롭다 투정마라 배부른 나의 삶이여
두 끼만 먹더라도 일 년 족히 살겠다
봄 한 끼, 갈 단풍 한 끼
디저트로 시조 한 수

2
몇 알의 하얀 거짓말, 안정제를 거두어라
신이 내린 처방전에 나무들이 지어 올린
이 땅의 만병통치약
별도 내려 복용 중이다

3
한 채의 공들인 성, 허무는 가을 나무
온몸으로 내보이는 우주의 특강이다
헐벗어 우뚝 치솟은
뼈가 허연 말씀 하나

집

성정현

아낌없이 주어버려
출입마저 불편하신

어느새 칠순 넘어
가지만 남은 단감나무

오늘도
문 잠그는 소리에
"밥은 묵고 다니나"

다후다 이불

손영희

1.
2차선 국도변 민무늬 다후다 이불
장롱이며 냉장고 이삿짐 보듬고 와

순순히 자리 내어주고
비탈 한 뼘 덮고 있다

저 남루 끌어다가 한 잠 푹 자고 싶다
누벼온 생의 이력 비록 한 줄 뿐이라도

누군가 성긴 잠들을
꼭꼭 다져 꾸려왔을,

2.
수척한 가로등이 제 발등만 찍는 저녁
도시의 칼바람을 맨몸으로 맞고 있는

뜯겨진 저 실밥들의
무료배식 긴 행렬

귀를 여는 시간들

손예화

고향집 앞뜰에다 바지랑대 세워두고
어머니 굽은 허리로 거울같이 훔쳐내던
드넓은 푸른 하늘에
언제 저리 너셨나

둘레마저 환하게 에도는 이불 호청
몇 번이나 물을 적셔 우린 속내 세웠을까
괜찮다 나는 괜찮아
귀 기울였을 빈 가슴

이제 그만 그 손을 놓으려 한다는데
해거름 어둑어둑 동백꽃 떨어지니
꽃 향기 여미는 가슴
그 안에 계시네

서녘 길 눈물 같은 딸이라 탓하셔도
싸리문 탱자 꽃이 소리 없이 질까봐
오늘은 따뜻한 품속
머물다 가고 싶다

흑! 흑! 흑!

손증호

콘크리트 숲에 갇혀
한 아이 울고 있다

눈물 닦아줄 사람
어디에도 안 보이는데

깜깜한 얼굴을 묻고
흑! 흑! 흑! 울고 있다.

강강수월래

송선영

어쩔거나, 滿月일래 부풀은 앙가슴을
어여삐 달맞이꽃 아니면 소소리래도……
목 뽑아 강강수월래 청자 허리 이슬 어려.

얼마나 오랜 날을 묵정밭에 묵혔던고
화창한 꽃밭이건 호젓한 굴헝이건
물오른 속엣말이야 다름 없는 석류알.

솔밭엔 솔바람 소리 하늘이사 별이 총총
큰 기침도 없으렷다 목이 붉은 선소리어
南道의 큰애기들이 속엣말 푸는 잔치로고.

돌아라 휘돌아라 메아리도 흥청댄다
옷고름 치맛자락 甲紗 댕기 흩날려라
한가위 강강수월래 서산 마루 달이 기우네.

삽살개가 있는 풍경

송유나

오래전 홀로 된 자의 말동무가 되어줬다
새벽밥 양은 냄비, 수북수북 놓일 때면
이력 난 집 지키는 일
알아차린 눈치다

겉으로 내색 없이 커다란 눈 껌벅이는
눈가에 가득 고인 눈물 보면 알 것 같다
먼 산을 바라다보며
바람 소리에도 짖는다

시장 간 어머니 기다리다 꾸벅 졸던
노을 빛 언덕 위로 얼비치는 사람마다
혹시나, 기다리는 맘
별을 베고 잠든다

단풍

송인영

비온 뒤 장독대에 산그늘 깊어졌네

가을엔 당신도 입맛 슬쩍 당기는지

순창표 약고추장을 살포시 얹으셨네

봄 이야기

신양란

암만 해도 요놈의 봄이 〈놀부던〉을 읽은 게야.

아장아장 꽃수레 끌고 신바람 나 오는 녀석 느닷없이 귓쌈 때려 그렁그렁 울려놓기,

지난 가을 땅에 든 뒤 행여 날짜 헷갈릴까 손톱 눈금 그어가며 우수 경칩 헤아린 개구리 땅거죽 축축 젖는 기색에 기지개 좀 켜자하니 '이 놈아 자발 떨지 마라.' 시퍼렇게 오금 박기,

새살새살 할 말 많아 병아리 같은 부리를 달싹달싹 여는 개나리 그 어린 순둥이한테 사흘 낮밤 눈치주어 며칠씩 말문 틀어막기,

그러고도 심술 남아 마전 잘된 무명치마 봉긋하게 차려 입고 요내 맵시 어떠냐고 사붓이 나서는 백목련을 웬만하면 두고 보지 황사 한 줌 획 끼얹어 그예 가슴에까지 흙물 들게 하는구나.

그러다 내 언제 그랬느냐고 샐샐 웃는 저 넉살 좀 보아

어머니 27

신웅순

뚜욱 뚜욱
빗방울
소리인 줄 알았는데

우·우·우·우
바람
소리인 줄 알았는데

살아온
누구의 길이
이런 소리
내는 건가

정월 인수봉

신필영

1.
온 장안이 눈 속에 들어
눈빛들 형형한 날
너는 결연한 생각
꼬나 잡은 붓끝이다
만인소 산 같은 글을 마무리한 수결이다

2.
갓 떠온 생수보다
더 차가운 새벽빛을
소슬한 이마 위에
명주수건 동여매고
동천을 걸어 제친다, 방짜유기 징을 치며

3.
가파르게 막히곤 하던
역사, 그 외성의 안쪽
지축을 누가 흔드나
명치끝 얼얼하다
아침은 점고를 끝낸 듯 산을 슬쩍 내려서고

겨울나무

양계향

하늘은 싸늘하고 바람조차 매서운데
푸르렀던 한 시절을 나이테로 되새기며
가지 끝 까치집 하나 덩그러니 앉혔다.

텅 빈 골짝 험한 비알 부둥키고 버텨 서서
메마른 가슴에다 부푼 소망 챙겨 안고
허허론 육신 가누며 흰 눈발을 맞는다

북엇국

양점숙

속 비우는 기침소리로 잠깬 아침에는
막사발 휘휘 저어도 고단한 일상은 늘
축축한 그의 울음을 건져내지 못했다

등뼈를 고추 세워 제 몸을 추슬러도
마지막 해면을 유영했을 지느러미는
짙푸른 바람의 명치 수심의 단내 넘치고

속 쓰린 가슴 안에 태양초를 풀어놓고
잘 마른 살을 풀어 맑은 혼을 받아내도
한 사발 눈물 깨우는 울아버지의 싸한 땀내

저, 두메
-이산가족

염창권

그리움은 세월을 당겨놓은 주름이었다
그 마음에 기대면 두메처럼 그늘졌다
상봉의 탁자에 앉으니 몸에 뜨는 노을이다.

모두들 울음의 강 하나씩 끌고 와서 먼 기억의 손 붙들고 물살처럼
굽이친다,

마음의 평생을 쏟아낸 이박삼일,
꿈이었나.

상별의 손바닥이 유리창에 차게 닿자
그 사이로 실금 같은 선로가 끊어졌다
이랑진 손바닥의 길
또 건너지 못한다.

"셔?"

오승철

솥뚜껑 손잡이 같네
오름 위에 돌은 무덤
노루귀 너도바람꽃 얼음새꽃 까치무릇
솥뚜껑 여닫는 사이 쇳물 끓는 봄이 오네

그런 봄 그런 오후 바람 안 나면 사람이랴
장다리꽃 담 넘어 수작하는 어느 올레
지나다 바람결에도 슬쩍 한번 묻는 말
"셔?"

그러네 제주에선 소리보다 바람이 빨라
'안에 계셔?' 그 말조차 다 흘리고 지워져
마지막 겨우 당도한
고백 같은
그 말
"셔?"

슬픔의 역사

오승희

기차는 떠났고 나는 여기 남겨졌다
세월이 허락한 망각은 쿨한 축복
웃을 수 없을 것만 같던 시간들은 흐르고

내 영혼의 무게는 점차 가벼워진다.
살 수 없을 것만 같던 나날들은 흐르고
더 이상 삶의 무게는 저울질하지 않는다.

풍화된 시간은 어디로 가 쌓였을까
깊은 벽 담쟁이 긴 상처를 덮는다
아무도 기억 못하는 길목
기적은 다시 울리리

자목련

오영민

겨울 비운

장경각

고즈넉한 내 뜨락에

한 줄의 경전 같은 자목련이 피고 있다

만행을

떠났던 봄빛이

밀밭 건너 오고 있다.

엄매엄매 울 엄매

오영빈

엄매엄매 울 엄매는 곤때 묻은 베동정
웃음 문 박꽃은 사립문 밖 별이 되고
귀뚜리 한시름 푸는
부뚜막의 보리밥

엄매엄매 울 엄매는 정화수에 뜨는 달
바람 그칠 날 없는 뒷마당 대숲에서
한 올의 연기로 띄운
하늘 덮는 소지燒紙여!

엄매엄매 울 엄매는 살강 밑의 무짠지
긴 삼동 물레 맡에 군침으로 받히는 맛
삼삼히 가슴 절이네
이대도록 못 잊어

올레길 연가 1

오영호

길을 걷는다는 것은
나를 내려놓고
돌담 구멍 사이로 나드는 바람소리에
상처를 어루만지며
나에게 묻고 또 묻는 것.

혼자이면 어떠랴
놀멍쉬멍 걸어간다
길가에 뿌리내린 풀꽃들 눈웃음에
잊혔던 고전 말씀이
푸릇푸릇 돋아나네.

* 놀멍쉬멍 : 놀면서 쉬면서.

연필을 깎다

오종문

뚝! 하고 부러지는 것 이 땅에 너 뿐이리
살다보면 부러질 일 한두 번 아닌 것을

그 뭣도 힘으로 맞서면

무릎 꿇고 피 흘린다.

누군가는 무딘 맘 잘 벼려 결대로 깎아
모두에게 희망 주는 불멸의 시를 쓰고

누구는 칼에 베인 채

큰 적의를 품는다.

연필심이 다 닳도록 길 위에 쓴 낱말들
자간에 삶의 쉼표 문장부호 찍어 놓고

장자의 내편을 읽는다

내 안을 살피라는.

반성문

옥영숙

탱자나무 울타리에 보름달이 걸렸습니다

아무도 모르게

금이 간 접시처럼

둥글게 살지 못한 마음을 울리고 지나갔습니다

손님별

우아지

누군가 온다는 건 설레는 일입니다
기대를 등에 업고
마중하는 앳된 먹밤
이 아침 은수저 닦는 마음도 윤이 나고

간밤을 적시던 비 풀잎마다 끼운 반지
오늘을 기다렸어
양초에 불을 켜고
새하얀 순도 100% 식탁보를 꺼냅니다

오븐을 예열하는
창 너머 어스름 녘
열과 성을 듬뿍 넣어 저녁을 익힙니다
가슴에 꽃이 피도록 새 밥 지어 올립니다

새벽길

우은숙

다 헤진 계절 안고 나이테를 꺼낼 때면
휘어진 시계 앞에서 안부 가끔 궁금하죠
비명을 지르다말고 뛰어가는 사람 있죠

문신처럼 새겨 넣은 무채색 시간이
동강난 상처를 뜬눈으로 어루만져도
더 이상 아파 마세요
언 손톱이 창백해요

그래도 보세요
저 들판 푸른 입술
잡초가 잠깨는 아슴한 새벽길

보세요
몸 부풀잖아요
동쪽 하늘 열리잖아요

감자꽃

원은희

산비알의 감자꽃 골 이루며 피었다
어떤 즐거움 있었길래 저리 맑게 웃는 걸까
봄 볕살 머물던 자리 까르르 몸을 꼰다

땅속으로 들어간 볕살 뿌리 이쁘게 깨무는지
밭두둑 들썩들썩 숨결도 가쁘다
생명을 지키는 안간힘 노랗게 타오른다

그 심지 다 타기도 전 품 떠날 채비를 마친
알토란 내 새끼 불끈 쥔 주먹이
저만의 세상을 향해 산을 밀어 올리고 있다

첫눈이 오면

유권재

지난날 안부를 묻듯 첫눈이 흩날리면
간밤의 꿈결 같은 희미한 그리움에
거리의 풍경마저도 눈발처럼 흔들립니다.

누구라도 이런 날은 가슴 한 칸 살폿 열어
하얀 눈송이 닮은 순은의 사연으로
수신도 생략해버린 편지를 쓰겠지요.

멀고 먼 섬과 섬이 물길로 이어지듯
그렇게 사람 사이도 그리움이 이어져
당신이 계신 그곳도 눈이 오면 좋겠다는.

쌀눈, 그 따뜻한 모서리

유영선

1
매일매일 챙겨 먹는 밥에도 눈이 있다
그 눈이 몸의 등불,
꽃 문임을 아는가
기장쌀 일구다말고 모서리가 아파진다

2
지팡이의 촉각에 온몸을 의지한 채
색깔의 투명함을 상상으로 그리며
슴슴히 향기를 맡는 귀 맑은 사람들

3
흔하게 보여서 귀함을 몰랐다
언제나 곁에 있어
든든한 바람막이
물 함께 떠나보낸 후 사랑인 줄 알았다

여름 강

유자효

한여름
푸른 강에
보름달은
강에 지고

도롱이
늙은 어부
검은 강을
저어 가고

와스스
대바람 소리
흩날리는
빗방울

은방울꽃

유재영

가던 길
돌아보면
흔들리는
꽃이 있다

골짝 깊이
숨겨둔
새하얀
은종처럼

뎅 뎅 뗑
우는 소리에
산도 울컥
하는 꽃,

겨울 연가

유지화

나뭇가지 창을 삼아 겨울산에 오릅니다
잎잎이 수액일 땐 아무것도 안 뵈더니
그 잎새 다 지고나니 말간 하늘 보입니다

억새꽃 뒤로 하며 겨울강을 건넙니다
은어떼 눈 맑음이 읽어내는 물소리로
묵언의 천 길 내 사랑 파문 지어 안깁니다

무지의 들녘에서 하늘을 보옵니다
소낙비 뒷걸음질 친 산마루 구름 저 편
눈송이 그대 맘 되어 내 안 깊이 내립니다

윤슬

유헌

고요히
바라보는
너의 눈동자에

노을 붉게 깔리더니
잔별이 총총하다

잔잔한
바다 저 멀리
수평선이 되는 나

초승달

윤경희

그 누가 웅크리나, 도열逃熱의 얼굴빛

세한의 하루를 깁는 허전한 하늘 저쪽

빈 가지 난간을 타고 버선발로 걸어간다

유 에프 시 UFC*

윤금초

#1

명치끝을 파고든다, 하늘 가른 돌주먹이

선불 맞은 검투사가 날쌘돌이 패대기치다

휘도는 공중제비 발차기

하늘 한쪽 흐너진다.

#2

쇠그물 둘러친 거기 팔각 링이 난장이라,

체머리 흔들어대는 죽자 사자 격투기라,

피칠갑 밭은 숨 고르는

초열지옥 격투기라.

#3

옥죄고 메치고 글쎄, 이판사판 거품 물고

우리 겨운 한살이는 엎·뒤치락 맞장 뜨기

거꾸로 곤두박이다

쿵! 되우 서는 반전反轉이다.

* 종합격투기(Ultimate Fighting Championship).

뿌리가 이상하다

윤정란

비쩍 마른 풀잎 사이로 길을 트는 빗방울
촉촉이 스며드는 골다공증 흙에도
사랑의 붓촉을 가는 수상한 비가 온다

봄여름 지샌 풀은 풀벌레 노래 위해
해와 별을 문질러 땅심을 높였으리
내 안에 꿈틀대는 풀, 뿌리가 이상하다

하늘에다 벼리던 호미를 찾아들면
티눈으로 불거지는 진초록 언어들이
무지개 비를 품으며 강으로 뛰어든다

아버지의 강

윤종남

꽃샘바람이 불면 아버지는 들로 나가
잠을 덜 깬 흙을 깨워 햇볕을 쐬게 하고
겨우내 눈 녹은 물을 논두렁에 가두셨다

천보산 그늘이 앞마당을 덮을 때면
지게에 풀내음 한 섬 지고 오는 아버지
이 봄은 먼 강을 돌아 물소리만 보내오신다

도랑물 소리에도 쟁기가 먼저 풀리고
호미자루 놓지 못하는 어머니의 옹이진 손
감자꽃 하얀 웃음이 슬픔인 듯 어려온다

주전계곡

윤채영

주전계곡
확
분질러
질러 놓은
단풍불

불 끄러 왔다가
온몸 활활 타 붙어서
용소에 뛰어들어도
잦아들지 않는 그대

칵테일

윤현자

너와 나
하나 되어
온몸으로 뒤섞일 때

이미 근본, 허울 따윈
산산이 부서졌어

혀끝에
감미롭게 젖는
과즙 같은 내 사랑.

온전히 날 버리고야
또 널 비우고서야

비로소 찰랑이는 한 모금 슬픔 같은

늦은 손
가만 포개면
녹아드는 사랑 같은

지하철 탄 나비

이광

나비다!
뜻밖인 듯 아이가 소리친다
전동차 한 곳으로 옮겨 붙는 시선들
가녀린 나비 한 마리 가는 길 묻고 있다

깜박 졸다 지나친 역 여긴 어디쯤일까
무심코 따라나선 꽃향기 사라지고
이제야 보이는 수렁 너무 깊이 들어왔나

축 처진 어깨처럼 한풀 꺾인 날갯짓
전동차 손잡이에 애처로이 매달릴 때
인생길 잠시 접은 채
나비가 된 승객들

명금폭포 鳴金瀑布

이교상

하늘벽 불면이 낳은 직립의 보폭처럼
가슴에 달라붙은 욕망을 흔들어 깨워
지상의 소실점 향해 쏟아지는 빛이여

부서져 내린 뼈가 살점 다 갈라놓아도
허공과 맞짱 뜨는 만 편 면벽을 펼쳐
물방울 상상력으로 들뜬 길 갈앉힌다

날마다 높아지는 마음의 벼랑을 보며
수많은 물보라가 새가 되는 그때까지
거꾸로 떨어지면서 할 말을 되삼키고

동해 바닷속의 돌거북이 하는 말

이근배

돌엔들 귀 없으랴 천 년을 우는 파도소리, 소리……. 어질머리로다, 어질머리로다, 내 잠 머리맡의 물살을 뉘 보낸 것이냐.

천 년을 유수라 한들 동해 가득히 풀어 놓은 내 꿈은 천仟의 용의 비늘로 떠 있도다.

나는 금金을 벗었노라, 머리와 팔과 허리에서 신라 문무왕文武王 그 영화 아닌 속박, 안존 아닌 고통의 이름을 벗고 한 마리 돌거북으로 귀 닫고 눈 멀어 여기 동해 바다에 잠들었노라.

천 년의 잠을 깨기는 저 천마총天馬塚 소지왕릉炤智王陵의 부름이었거니 아아 살이 허물어지고 피가 허물어져 불타는 저 신라 어린 계집애 벽화碧花의 울음소리, 사랑의 외마디 동해에 몰려와 내 귀를 열어,

대왕암大王岩 이 골짜기에 나는 잠 못 드는 한 마리 돌거북,

배추시래기

이기라

고갱이서 밀려난 시퍼렇게 서러운 잎
항아리도 들지 못해 덧쌓이는 소외감을
줌줌이 타래로 엮여
뒷벽에서 달래는가.

젖은 몸 마르도록 떨며 보낸 추운 날들
만지면 바스러질 외로움만 남았어도
순수한 섬유질 뼈대
지켜 내고 있음이여.

눈물도 월세

이나영

눈물을 저장해줄
그 눈물을 퍼트려줄

그런 곳이 서울엔 없다
넓고도 비좁아서

얼굴에 난반사되는 네온사인 저 불빛

말이사 신촌이지
구촌보다 더 후미진

늘어선 쪽방 골목
월세로 잇는 얼굴

불마저 꺼진 가로등 그 아래에 누가 있다

사랑니를 말하다

이남순

스물의 그 나이엔 애틋했던 네 이름이
마흔 지나 또 몇 해 벼랑길에 내몰렸다
에움길 불협화음도 잘도 버텨주었는데

겸손히 뒷자리에 죄 없이 살았건만
감출수록 드러나는 서러운 더부살이
누군들 덤이 되는 삶 한번쯤은 없을까

한 치의 그 경계를 겨냥하던 징후 앞에
새파랗게 질린 채로 뿌리까지 드러낸 너
소소한 언질도 없이 나는 너를 잃었다

늙은 사자

이달균

죽음 곁에 몸을 누이고 주위를 돌아본다

평원은 한 마리 야수를 키웠지만

먼 하늘 마른번개처럼 눈빛은 덧없다

어깨를 짓누르던 제왕을 버리고 나니

노여운 생애가 한낮의 꿈만 같다

갈기에 나비가 노는 이 평화의 낯설음

태양의 주위를 도는 독수리 한 마리

이제 나를 드릴 고귀한 시간이 왔다

짓무른 발톱 사이로 벌써 개미가 찾아왔다

편지

이동백

너에게로 가는 길이 아득해질 때마다
이 밤 나는 너에게 편지를 쓰기 위해
관절을 꺾는 연습을 천 번쯤은 했느니.

손 끝에 접혀드는 건 삭아 빠진 넋이어서
우표를 붙이고서도 바람처럼 가벼운데
또 몇 날 우체통에 꽂혀 외로워야 하는가.

어느 우연한 날 봉투를 뜯는 너를 만나
고운 너의 마음살에 내 삭은 넋이 실려서
저 하늘 둥둥 떠다니며
한 생을 살아보고 싶다.

종이컵

이두애

한 손으로 들 수 있어도 두 손으로 받았고

입술 자국 가늘게 떨리는 순간에는

얼마나 뜨거운 정인지 그때는 알지 못했다

한 뼘도 안 되는 몸 뜨겁게 달구어서

찬 손 녹여주고 향기도 건네주고

마지막 바닥을 보면 내 맘까지 비춰준다

해우소 노래방

이두의

가슴 벼랑 휘젓던 말
목청껏 뽑아낸다

비켜 도는 사이키 조명
감춰줄 것 있는 걸까

몸놀림
가면을 벗고
신명나서 흔들흔들

안팎으로 고여 있던
통절한 사연들을

가락으로 뜯어내어
흩뿌리는 집단 해우소

비워서
편안해진 음표
푸른 허공 선회한다

머리꾼

이명숙

비실비실 봄비가 저 혼자 찾아온다

오리길 마다않고 아침부터 찾아온다

한 시간 가위질에도 아무 말을 안 한다

갑장인 오 년 단골 속은 이미 간장게장

한눈에 알아버린 영감탱이 바람기

그 마음 만지작댈 뿐 허공만 잘라낸다

이심전심 이럴 땐 매운 거 같이 먹고

이욕저욕 남발하며 눈물 콧물 쏙 빼는 거

여자는 여자가 안다 오늘 난 심리치료사!

산 2

이문형

턱밑에
칼을 괴고 있지 않고서야
지는 해에 온몸 곳곳이
붉게 무너지던 네가
날마다 저리 시퍼런
새벽일 수 있더냐

엔젤트럼펫*

이민아

잎 줄기 다 버리고 졸가리로 살아낸 엄동
정교하게 도려낸 절망의 연비자욱들
땅 깊이 고개 숙인 채 필생을 견뎌왔다

수북이 내려 쌓인 채밀採蜜 후의 밀랍처럼
부식에서 빚어내는 찬연한 동판화처럼
이우는 생리 속에도 결곡함이 깃들었다

고빗사위 견뎌내며 열두 번은 무너졌을
어머니, 그늘 깊은 야윈 생의 나팔수
이 순간 폐부 가득히 소소리바람 몰아쉰다

* Angel Trumpet : 잎과 줄기를 다 버리고 겨울을 견디며, 향기와 독성을 함께 지
닌 나팔 모양의 꽃이 땅을 향해 핀다.

173

억새꽃

이복현

돌아가신 할머니 머리칼 같은 꽃

흰 머리 돌돌 말아 양파처럼 쪽을 지어

비취빛

옥비녀 살짝

꽂아주고 싶은 꽃

바람 불면 만장輓章같이 펄럭이는 구름 꽃

할머니 상여 타고 하늘나라 가실 때

산길에 배웅 나와서

손 흔들어 주던 꽃

법주사 운韻
―저녁 예불에

이상범

해거름에 휘적휘적 오 리 숲을 걸어 호서제일가람湖西第一伽藍 금강문 사천왕문을 들어섰다

별안간 귀가 멍멍 고요를 깨는 큰 북소리, 큰 북소리 천둥소리, 천둥소리 큰 북소리, 속리산이 둘레둘레 흔들리고, 소나무 굽은 가지에 바람이 일고, 대웅보전 원통보전 팔상전 능인전 할 것 없이 추녀 끝이 흔들리고, 추녀 끝이 흔들리는가 싶더니 집채가 저저마다 흔들리고, 법주사 전체가 학이 되어 깃을 치는가 싶더니 한 송이 연꽃이 되어 둥둥 떠오르기 시작한다, 법주사가 뜬다, 법주사가 뜬다, 법주사가 춤을 춘다, 법주사가 배가 되어 넘실거린다, 미륵불도 미소를 띤 채 덩실덩실 춤을 춘다, 속리산이 뜬다, 속리산이 뜬다, 속리산이 우줄우줄 춤을 춘다, 속리산이 허겁지겁 달려간다 큰 북소리 천둥소리, 천둥소리 큰 북소리, 귀먹은 바위도 눈멀은 성좌도 자금 막 깨어나고……

이윽고 산도 절도 깃을 접고 적막 속에 앉는다.

압력밥솥

이서원

남산골 깊은 어둠 물소리도 돌아나가던
너럭바위 작두 위에 맨발로 뜀을 뛰며
신 내림 굿을 받느라 부채춤을 추던 그녀

이 새벽 어쩐 일로 솥 위에서 춤을 추나
연잎 같은 치마폭을 불꽃 위로 펼쳐두고
뜨거운 눈물 적시는 순진무구 저 몸짓

우리가 먹는 밥은 그냥 밥이 아닌 것을
누군가 애절타 못해 속절없이 쓰러지다
끝내는 징을 때리듯 한 됫박의 절규인 것을

그 여자, #4708*

이석구

─리안 제인 리스Leanne Jane Leith
앵두나무 꽃 핀 날 구경 간 안동 신시장
두 살적 엄마 찾는 마흔넷 된 여자가
고무줄 한 묶음 사서 까만 머리를 묶었다

카메라에 넣지 못한 내가 놓친 풍경들을
수졸당守拙堂 안주인과 나란히 사진 찍던
그 여자 맨 처음 배운 한국말은 엄마다

─가칭假稱 서영숙
나를 버린 이유는 뭔지 모르지만
이 나라에 들어올 때 이미 용서한 당신
당신을 다 이해해요
이제 나를 찾으세요

보고 싶은 엄마가 내 얼굴 닮은 것과
살면서 궁금했던 말 못한 그리움을
엄마는 알고 있지요
내가 누군지 알지요

---

* 해외 입양인, 입양 당시 서류번호. 미국 이름 Leanne Jane Leith, 한국 이름 서영숙.

틈새

이석래

온기 없는 벽을 향해 콘크리트 못을 친다
박히지 않으려는 억지 부린 고집 꺾고
메마른 가슴 같은 벽
조금조금 박힌다

단단히 굳어버린 시멘트 철근 틈새
야문 것 속에서도 트이는 숨통 길은
시원한 금강산 폭포
액자를 걸 못이다

어느덧 딱딱하게 굳어져 가는 머리
갈수록 물기 없는 마른 가슴 뚫어 갈 길
내게도 그런 못 하나
있었으면 좋겠다

밥

이소영

전경들 잔디광장에서 점심을 먹는다

김치와 생선조림 된장국 식판 들고

소풍 온 아이들처럼 나란히 먹는다

때를 맞춰 건너편 시위대도 먹는다

아내가 정성껏 싸준 계란말이 도시락

이어갈 투쟁을 위해 전투적으로 먹는다

양쪽을 취재할 기자들도 먹는다

퉁퉁 불은 자장면에 젓가락 부러져도

만인의 밥은 평등하다는 기사를 쓰기 위해

휴지

이슬희

당신이 손 내미는 곳
나 거기 있을게요

언제든 어느 곳이든
주저없이 기다릴게요

이 한몸 오롯이 펼쳐
당신 허물 닦을게요

그릇

이송희

할머니는 나에게 그릇 하나 내주셨다
주름지고 거친 숨결 고스란히 새겨진,
이 빠진 그릇 속에서 나는 점점 커갔다

금 간 시간 틈새로 거세지는 겨울바람
그 추운 방 안에서 호호 불며 쓰던 일기
매일 밤 나를 지우며 또 나를 적었다

내 안에 그릇 하나 덩그러니 놓여 있다
두 손 모은 꿈들이 둥글게 휘감기는
바닥은 덜어낼수록 깊어지고 있었다

해 질 녘

이숙경

어눌한 단역인 듯 끊어지는 짧은 말
긴 저음의 강 물결 고즈넉이 이어준다
허투루 살아온 줄거리 뒤꿈치에 따라온다

밀봉된 수소처럼 허공을 떠돌다가
뜯겨지는 꽃술 위 허방에 빠진 불혹 여자
오그린 강가 허구리 다독이며 걷는다

만나는 일 뜸해져 때때로 아쉬운 속내
시점 없이 여전해라, 그렇게 돌아설 때면
구포역 지나는 사이 가슴께가 붉어지는 강

이름 없는 들꽃에게

이숙례

맨살 속 깊숙이
먹물처럼 묻혀 있다

숨지 못한 잡초 속
비밀처럼 새 나와

바람을 달래어 가며

연서 봉함을 뜯는 실비

혼자 넘는 새벽별처럼
멀수록 고운 자태

새파란 사랑 음표
돌가슴에도 살풋 내려

바위도 화색이 돌아

파르라니 눈뜨는 사랑

징검다리

이승은

우리 다시 놓인다면
여울목 가장자리

철없는 물살들을 곁눈질로 흘려보내며

사무친 속앓이 같은 것
영영 모를 몸짓이게

차고 희게 써 내리는
맹목의 속달편지

뉘라서 숨 가쁘게 달려 나와 읽어줄까

뭇별도 더는 못 가고
귀를 죄다 적시도록

비껴간 세월의 더께
청태로나 받아 안고

먼 골짝 급물살에 등이 휘어질 때까지

버텨 갈 목숨인 것을
우리 다시 놓인다면,

밥그릇

이승현

사발은

제 스스로 따뜻할 순 없으나

모진 비바람 이겨낸 밥알을 품고나면

막노동

주린 뱃속도

훈훈하게 덥힌다.

모슬포의 봄

이애자

그러려니 그러려니
혼잣말 타박처럼······
또 한 차례 똥값시세
된서리를 맞고도
감자 밭 비닐 물결이
만조를 이루는
봄.

강진 댁 음담패설
깔깔깔
숨넘어가네
서리 낀 삼월 들녘
배추 속 같은 햇살
화산토 오금에 저린
얼굴들을
확 펴네.

톳나물 오돌오돌
살짝 데쳐 놓으면
앉은뱅이 밥상 위로
파릇파릇 오르는
초무침 모슬포 바다
입 안 가득
출렁여.

맛있는 기억

이양순

그 옛날 어머니는 세밑이 분주하셨다
가래떡을 썰어 담고 아랫목엔 식혜를 묻어
설맞이 나서는 불빛 달콤하고 따뜻했다

기억 속 작은방엔 그득한 강정 소쿠리
조청에 설탕을 섞어 바글바글 거품 일 때
튀밥과 땅콩 참깨 들깨 모두 불러 앉혔다

주걱을 한 바퀴 돌려 엉덩이를 다독이면
할머니 어머니랑 도란도란 얘기 소리
큰삼촌 문을 여신다. 따라 들던 고모 숙모

투명을 향하여

이옥진

은행잎이 걸어간다 초록에서 노랑으로

은행잎이 야위어 간다 유화에서 수채화로

제 갈 곳 아는 것들은 투명을 향해 간다

어머니 걸어가신다 검정에서 하양으로

어머니 날개 펴신다 소설에서 서정시로

먼 그곳 가까울수록 어머니는 가볍다

시인의 아들

이요섭

돌아가신 석정 선생님 산 부르는 메아리
애틋한 그리움이 대를 이어 받았던가.
저리도 눈물 어려든 사슴 같은 저 얼굴.

문만 열면 산이 와서 새소리 놓고 가는
부안 땅 생가에서 문고리 잡고 앉아
세세히 빛살 져 오는 풀꽃들을 보고 있다.

남겨진 시첩 속에 꽃 피던 목련나무
지나간 세월만큼 테 굵은 밑둥어리
가신 님 뜨락에 남아 이 봄 다시 태우신다.

이름

이우걸

자주 먼지 털고, 소중히 닦아서

가슴에 달고 있다가 저승 올 때 가져오라고

어머닌 눈 감으시며 그렇게 당부하셨다.

가끔 이름을 보면 어머니를 생각한다

먼지 묻은 이름을 보면 어머니 생각이 난다

새벽에 혼자 일어나 내 이름을 써 보곤 한다.

티끌처럼 가벼운 한 생을 상징하는

상처 많은, 때 묻은, 이름의 비애여

천지에 너는 걸려서 거울처럼 나를 비춘다.

한바탕

이원식

엄마는 딸아이에게
철쭉이라 말하고

딸애는 엄마에게
처얼쭉이라 우긴다

모녀가 지나간 자리
웃고 있는
영산홍

세·대·차·이

이은주

더울까 차양 달고 추울까 매트 깔고

오감 자극 딸랑이 지능발달 모빌까지

동화 속 꽃대궐 같은 아기들의 유모차

강아지 낑낑대자, 엄마가 안아줄까?

개 닮은 중년 부인 쩔쩔매며 둥기둥기

검은 색 도글라스*까지 최신형 개 유모차

벽돌 한 장 태우고 그 무게를 반려 삼아

배를 얹어 밀고 가는 할머니의 헌 유모차

변명을 늘어놓느라 바람도 숨이 차다

---

* 신조어로 애견용 선글라스(개+선글라스). 그 외에도 개링머신, 털소기, 티피텐트 등의 관련 제품이 있다.

간월암看月庵, 혹은 간절함

이정홍

물때 낀 돌 몸을 씻고 거품 막 게워낸다.
하루 두어 번 젖은 속살 법문 열듯 길을 내는
해조음 조아리는 섬, 피안으로 눈을 뜬다.

사철나무 마당 울에 숨어들다 걸린 달을
먼 세간 두루 살피듯 바라보는 무학대사
오도송 읊조린 만공 바닷물 잇자국 남고.

장경판 석화로 피는 화려체 행간을 누벼
맵고 짠 바람마저 짠하게 삭인 천수만
고달피 굴 따는 보살, 간절함만 줍고 있다.

첫눈 오는 밤

이정환

끔찍하게 여긴다니
끔찍하다 되받으니

눈발이 치던 밤이
더욱 추워집디다

이런 말 저런 말들이
부질없어집디다

가는 길 창창하여
먼 하늘을 봅니다

함께 다다를 곳
눈에 환히 보여서

사는 일 끔찍하여도
끔찍이 그립니다

아버지가 서 계시네

이종문

순애야~ 날 부르는 쩌렁쩌렁 고함 소리
무심코 내다보니 대운동장 한복판에
쌀 한 말 짊어지시고 아버지가 서 계셨다

어구야꾸 쏟아지는 싸락눈을 맞으시며
새끼대이 멜빵으로 쌀 한 말 짊어지고
순애야~ 순애 어딨노? 외치시는 것이었다

너무도 황당하고 또 하도나 부끄러워
모른 척 엎드렸는데 드르륵 문을 열고
쌀 한 말 지신 아버지 우리 반에 나타났다

순애야, 니는 대체 대답을 와 안 하노?
대구에 오는 김에 쌀 한 말 지고 왔다
이 쌀밥 묵은 힘으로 더 열심히 공부해래

하시던 그 아버지 무덤 속에 계시는데
싸락눈 내리시네, 흰 쌀밥 같은 눈이,
쌀 한 말 짊어지시고 아버지가 서 계시네

그리운 패총貝塚

이지엽

하얗게 뼈만 남아 육탈된 시詩를 보러
백포만 주머니꼴 낮은 구릉 찾아 갔어
가볍게 목례를 하고 조의를 표했지

이미 화석 되어 켜켜이 쌓여진 퇴적층 속
닭개와 돌창 든 사내의 뒷모습이 외로웠어
손들어 웃는 모습이 낯선 변방 같았어

고인돌과 독무덤 사이 흘러간 수세기를
정을 비운 몸만으로 층층 쌓아 막아선들
어찌 다 적을 수 있을까 원시의 숲 눈먼 책들

껍데기가 집이 되고 나라가 되는 동안
깡마른 음계의 바람 같은 말씀이여
논물이 그리운 봄날, 재두루미 입술 묻는

자장가

이처기

강보를 떠난 온기가 새록새록 젖어오는
다독이며 불러주는 자장 노래에
유난히 이글거리는 신선한 까만 눈썹

기우뚱 옆구리 사이로 별빛이 새는 이 밤
양손 마디마디 사이로 촉촉이 데워오는
정맥이 틈새를 지난다

유백빛 환한 축복

금모래 은모래

이태순

금모래 은모래
저 냇가
그래 맞아

찰방찰방 걸어가면 복사뼈 발개지고

조약돌 재잘거리던 고 작은 입 투명했지

간지러워
간지러워
땅의 실밥 톡톡 터져

초록 뱀
눈을 뜨는
냉이 향 훅 번지는

봉긋한 분홍언저리 숨소리가 가빴지

누수

이태정

며칠째 화장실 세면대가 새고 있다
낡은 배관에서 삐걱거리는 소리들
어머니 마른 뼈에서도 그 소리가 들렸다

여자의 미소 잃은 벌어진 입가에
뜻 모를 옹알이와 침이 흐를 때
한 생이 아랫도리 다 적시며 주책없이 새고 있다

새는 것이 이토록 뜨거운 줄 몰랐다
어금니를 깨물며 녹슨 몸을 닦는데
울음보 터트리면서 오늘은 내가 샌다

일상

이택회

침대에 드러누워
하루를 복기한다.

헐뜯고 훔치면서
지옥을 넘나들며,

오늘도 범부로 살다가
관음에게 사기친다.

밥시

이한성

매캐한 기름밥이
기름진 밥이 되기까지

지문을 지우고 또 피우기를 수십 번

등 굽은
라면의 사리
우동발이 되었다

담쟁이

이해완

내 삶이 아닌 것들은 왜 저리 찬란하냐
한 점 바람에도 나는 늘 위태로운데
백목련 이 봄에 벌써
절정에서 타는구나

오늘도 나는 나를 딛고 스스로 올라서서
아무도 손 내밀지 않는 빗장 걸린 이 세상을
실핏줄 터진 손으로
부단히 열고 있다

피 터져 얼룩진 삶 밑그림으로 깔아두고
초록, 생명의 빛깔 찍어 암각화를 새긴다
내 잠시 머무는 지상,
한 벌뿐인 목숨으로

돌의 노래

이화우

눈으로 더듬던 흔적들을 묻을 듯이

빛없이 남겨진 처절한 저 웅크림

무시로 드나들던 그대 그 위에 귀를 대다

벽이, 벽을 보고 거두어간 말들이며

등이, 등을 돌려 가늠 못 할 거리까지

돌아선 그 손들 잡아 고삐 넌짓 던진다

몸 열어 붉게 우는 심장 하나 움켜쥐고

이승에 남아 있을 마지막 변주가로

적소의 한 자락 끝에 추를 깊이 내린다

와불

인은주

한잠을 자고 난 후 연해진 몸의 빛깔

꿈인 양 구도인 양 한 생이 잠잠한데

아사삭 공양마저도 봄비처럼 푸르다

햇빛을 먹고 자라 하늘로만 향하는지

허물을 벗자마자 새로 나온 머리가

둥글게 원을 그리며 섶을 찾아 오른다

평생에 딱 한번만 오줌을 누는 누에

마지막 한 방울까지 깨끗하게 비우고

누운 채 펼치는 설법 길고도 청명하다

돌 속에 갇힌 언어
—국보285호 반구대 암각화

임석

조용한 산 끝머리 바다가 잠들었다
깃털에 온기처럼 신화 속 갇힌 영혼
괄괄괄 흐르는 거랑 문명 독을 씻는다

심해에 갇혀버린 반구대 암각화 벽
어둠 깃든 별자리가 큼큼 소리 지르고
그 원시 돌고래 문자 바위 속을 나온다

우주로 전송하는 풀벌레 동심원들
한 점 예각을 그어 만물과 교감하고
달과 별 바람과 함께 하나 되어 살아가는

삼파귀타*

임성구

바람이 불어왔다
조용히 밤도 왔다

어둠 밝힌 별 노래에
터져버려 아린 물집

달 등의
박꽃 하나가
손수건이 되어주었다

물풀 같은 그 여자
열여덟 필리핀 순이

젖은 밤을 보내놓고
풋감 떨어진 새벽녘

아무 일
없었다는 듯
부엌문을 또 연다

* 삼파귀타 : 필리핀의 국화.

낙수

임성규

어디로 흘러야 할지
도무지 알 수 없네
모든 바람이 저 숲으로
가라고 말했지만
믿을 건 아무도 없다고 고개를 저었네.

바닥에 맨발로 서 있던 날도 많았지
독수리가 허공을
빙빙 도는 빈들에서
내 마음 움푹 패도록
그대를 생각하네.

징검다리를 건너며

임영석

1.
나, 이 세상 살아가며
남에게 등 구부려

구부린 등 밟고 가라고
말 해 본 적 한 번 없다

그런데 이 징검다리
목숨까지 다 내준다

2.
물의 옷 위에 채운
단단한 돌의 단추

물의 옷을 벗기려면
풀어야 할 단추지만

아무도 이 물의 옷을
벗겨가지 않는다

지 에이 피

임채성

지나치듯 슬몃 본다,
백화점 의류매장
명조체로 박음질한 GAP상표 하얀 옷을
누구는 '갑'이라 읽고
누군 또 '갭'이라 읽는,

사람과 사람 사이에도
갑이 있고 갭이 있다
아무런 잘못 없어도 고개 숙일 원죄 위에
쉽사리 좁힐 수 없는 틈새까지 덤으로 입는,

하루에도 몇 번이고 갑의 앞에 서야 한다
야윈 목 죄어 오는 넥타이를 풀어버리고
오늘은
지, 에이, 피를
나도 한번 입고 싶다

봄날은 간다

임태진

호스피스 병동에도 둥지 튼 꽃이 있다
한세상 떠돌다 와 잠시 세든 성이시돌의원
허기진 민들레 하나 하소하듯 피어난다

예정일 지나서도 못 놓던 이승의 끈
아들과 화해한 후 이틀 만에 놓았다는
그 사람 어느 하늘에 무슨 별이 되었을까

열세 살 때 황급히 떠나신 내 아버지
생전에 간절했던 '사랑한다' 그 한마디
사춘기 내 아들에게 뜬금없이 고백한다

환우도 간호사도 세상 등진 수녀도
그리움이 짙어가는 정물오름 그 언저리
문상 온 뻐꾸기 하나 울음 몇 점 놓고 간다

장자莊子의 맨발

장수현

광화문역 지하계단에 웅크려 잠든 사내
얼룩무늬 부전나비 같은 맨발을 보았지
그 사내 해몽할 수 없는
꿈을 꾸고 있었지

헐벗은 아이들 그렁그렁 매달고
무수히 짓밟히며 거리를 떠돌았을
저 순한 맨발의 전생은
나비가 아니었을까

퇴화된 날개 접고 절뚝이며 꿈길 가는
장자莊子의 젖은 맨발 가만히 엿보았지
가파른 생生의 계단을
오르고 있었지

허수아비

장순하

고스란히 한 생生을 서 임의 뜻 받들었다.
아예 길 아닌걸 외다리면 어떠랴
곧은 팔 십자十字로 여며 비바람에 맡기다.

피도 아픔도 없이 태어난 육신肉身이라
고른 숨소리는 바윈 양 편안하고
헤어진 소맷자락엔 표표飄飄히 부는 바람.

남촌南村 어느 샘가에는 있을 법도 하잖은가?
버들잎 주루룩 띄워도 줄 가시내가.
마음은 구름에 주고 고스란히 서서 살다.

외갓집

장영심

호박 줄기 하나가 서너 송이 꽃을 물고
외갓집 초저녁의 별자리처럼 건너간다
텃밭과 마당의 경계 말끔히 지워진다

연못에 가라앉은 그리움 건지려는 듯
고양이 한 마리가 앞발 슬쩍 내민다
웅크린 파문 몇 장이 활처럼 팽팽하다

수선화

장영춘

기다림의 끝에도 그는 피지 않았다
모슬포 돌담 밭에 어떤 역병 돌았는지

오 년째 꽃대만 올 뿐
향기 한 번 없는 거울

어느 날 학교에서 사라진 큰아버지
여태껏 야간당직 끝나지 않은 건지

저마다 하얀 울음을
물고 있는 봉오리들

수선화야 수선화야 벙어리 수선화야
바람결에 증언하듯 몸부림을 쳐보지만

눈치도 체면도 없는
새봄만 다시 왔다

애기똥풀 자전거

장은수

색 바랜 무단폐기물 이름표 목에 걸고
벽돌담 모퉁이서 늙어가는 자전거 하나
끝 모를 노숙의 시간 발 묶인 채 졸고 있다

뒤틀리고 찢긴 등판 빗물이 들이치고
거리 누빈 이력만큼 체인에 감긴 아픔
이따금 바람이 와서 금간 생을 되돌린다

아무도 눈 주지 않는 길 아닌 길 위에서
금이 간 보도블록에 제 살을 밀어 넣을 때
산 번지 골목 어귀를 밝혀주는 애기똥풀

먼지만 쌓여가는 녹슨 어깨 다독이며
은륜의 바퀴살을 날개처럼 활짝 펼 듯
페달을 밟고 선 풀꽃, 직립의 깃을 턴다

비행운 그리기

장지성

한 점 티도 없는 어느 날 가을 창공
청명淸明이 하 고요해 지필묵을 챙기고서
그 여백 구도를 잡으며 삼매경에 젖는 거야.

어디 구름 없는 하늘이 하늘이랴
굉음을 이끈 편대編隊, 두어 점 묵난을 치며
먼 고향 산맥을 넘어 소실점을 찍는 거야.

설핏 해거름이 발묵潑墨으로 잠겨오는
기우뚱 세월의 잔영, 저녁놀을 풀어놓고
어느 결 낮달이 와서 은낙관으로 돋는 거야.

내 좀 더 일찍

전연희

내 일찍 알았다면 슬프지 않았겠다
도리깨에 터져 나온 잘 여문 낟알같이
아픔이 길이라는 걸 좀 더 일찍 알았다면

내 일찍 보았다면 힘들지 않았겠다
여든여덟 애를 태워 벼가 익는 한여름을
쏟아낸 구슬땀방울 좀 더 일찍 보았다면

내 일찍 들었다면 섭섭하지 않았겠다
여윈 부리 터지도록 아침을 물어오는
사는 일 노랫소리를 좀 더 일찍 들었다면

거미가 되어

전원범

하늘이 흔들리며 다가오는 자리에다
밟혀 오는 얼굴 하나
매달아 놓고
한 가닥 줄을 타고서
밤에도 낮에도 간다.

은실 하나 이끌고
허공의 길을 걸어서
나 거미가 되어 그대에게 간다.
잎 다 진 고갯길에서
바람으로 만나는 우리

몇 개의 부사副詞에 관한 생각

전일희

길이 끝나는 데까지 똑바로 걸어야 하리

꽃들의 유혹에는 눈길 주지 않고

마지막 한 걸음마저 옮겨야 하리, 깨끗이

그분이 나를 불러 보내신 뜻을 따라

나비의 춤사위에 한눈팔지 말고

하늘 문 닫힐 때까지 가야 하리, 정확히

안으로 끓는 생각 작두로 잘라내고

웃자란 허상마저 모조리 가지를 쳐

한 줄기 가을바람으로 넘어야 하리, 의연히

온산에서 온 편지

전정희

봉숭아 꽃잎들이 우수수 쏟아졌다
행간에 연분홍 꽃물 그렁그렁 번진 편지
이번 주 못갈 것 같아 봉숭아 꽃잎을 보낸다

사람들이 떠난 공단 꽃씨들은 홀로 남아
저희끼리 어울려서 한 세월 깊었구나
퇴근길 꽃잎을 따서 주머니 가득 넣었다

해마다 여름이면 네 작은 손 꼭 쥐고
붉은 꽃 푸른 잎에 백반을 넣고 찧어
상현달 네 손톱 위에 싸매주던 생각난다

불현듯 교실에서 아이들이 꽃씨 흩어지듯
쏟아져 나올 것 같아 발길을 돌렸단다
손톱 끝 살 속에 스민 붉은 꽃물이 아리다

겨울나무

정경화

찬바람 불더라도 떨지 않길 바랐다
실 한 올 걸치지 않고 소나기를 맞을 때는
웬만한 폭설쯤이야 견뎌낼 줄 알았다

뿌리도 흔들린다는 걸 저 가지가 어찌 알까
숨겨둔 물기마저 깡말라 갈증이 나면
새벽녘 서리 한 줌도 혀끝에서 아리는데

하늘 뜻 거역해도 제 길 안의 한몸인 것
아직도 이해 못할 수화 같은 긴 편지를
돌아올 봄을 위하여 잔설 끝에 묻는다

오늘을 위한 노래

정공량

바람은 노래하며 내 곁을 지나가고
나는 저물지 않는 내 마음의 동쪽에 산다
시든 해 얼마를 지나왔나 발목만 아픈 나날

풀잎 눈동자에 한 세상이 끌려간다
가는 비 멈추지 않고 내 머릿속에 우물을 판다
생각만 녹슬게 하는 서툰 탑을 쌓으며

와불

정도영

뻐꾹새 붉은 울음이
자귀꽃을 피운 한낮

후광마저 벗어놓고
천년 잠 드신 와불

풍경도 범종소리도
숨을 가만 멈춘다

심오한 실수

정수자

가을도 잘 거드시길, 카톡 오자 고치려고

거두시길, 적다 말고 화들짝 눈이 뜨여

말없이 거드는 것들을 일삼아 곰곰 짚는 날

거둠보다 만만하니 숙여 드는 거듦이란

깨알에도 깃들여온 자국 없는 바람의 일

한 편의 어눌한 행간조차 줄커피가 거들었듯

심오한 전언인 양 오자 하나 다시 받드는

부지깽이도 거든다는 가을도 한가운데

뒤늦게 쥐구멍 깁듯 연명連名 한 홉 없는다

와상의 늦은 오후

정옥선

정남면 작은 마을로 미용 봉사 가는 날

박새의 기척조차 하냥하냥 반갑다는

반평생 누워만 계신 경화네 외할머니

바람이 잘라먹은 듯 어눌한 말투지만

봄볕 같은 낯으로 또 오란 말 슬몃한다

천천히 바스라져가는 푸석푸석한 돌부처

반 지하 창밖에는

정용국

햇살은 들다 말고
바람도 스쳐가는

중곡동 헐한 월세 반 지하 창밖에는

귀 열린 상추 댓 포기
옹알이가 한창이다

웃음보 자지러진
외손자 걸음마에

장맛비로 반 토막 나 울상이 된 품삯도

해거름 탁배기 잔에
다소곳이 졸고 있다

칠십 리 사설

정인수

서불徐市님 저녁놀 헤치며 노 저어간 포구였네.

삼신산 불로초 캐러왔다가 그만 산수에 취하여 정방 석벽에 〈서불
과처徐市過處〉 넉 자만 새겨놓고 넋을 잃고 떠났다네. 아무렴 그렇지
몰라서 물어? 여기가 어디라고… 설문대할망 희멀건 몸 벗어 실 한 오
라기 안 걸치고 벌렁 나자빠져, 그 아리따운 계곡과 구릉과 그늘진 숲,
천향의 과일들을 스스럼없이 빚어 놓았지. 파아란 하늘이 떨어져 괸
천지연 못물 위로, 뜨거운 합환合歡으로 자지러지는 폭포, 지상의 마
지막 정력으로 치솟은 남근의 고석포孤石浦, 외돌 그 길게 드리워진 외
로운 그림자 저쪽으로 열리는 유성음의 아침바다에는 옛 사연 모르는
주낙배 붕, 붕, 붕, 붕, 줄을 잇고, 칠십리 창공을 차며 나는 갈매기들
둥우리 트는 범섬, 문섬, 섶섬, 새섬들이 심장을 깔고 앉아 제 추억을
말끔히 들여다보고 있는데, 아침 태양에서 캐낸 등불 바자니는 소복
의 비바리들 고운 눈매 아룽다룽 매달려 밀감꽃이 하야니 피는 걸…

그 아랠 은하빛 꽃떨기로 흐는히 젖는 개울물.

봄밤 판타지아

정평림

1. 귀촉도

저 앞산
자드락길
봄빛 먼저 물고 오네

꽉 찬 달 바투 떠서
혼절한 꽃 들깨울 때

귀촉도
행간 떠돌며
그 발자국 헤고 있네

2. 산안개

흰 카펫
깔린 봄밤
절간 우련 띄워 놓고

소소리바람 일 적마다
옷깃 스친 풍경 소리

노老 도반
동안거 접고
저녁 예불 불 밝히네

겨울 수목원

정해송

일손을 거둔 산은 안식에 들어 고요하다

계절 따라 초록물을 풀어 쓴 애기들이

숲 속의 작은 도서관 서가에서 숨을 쉰다

그 숨결 받아내어 겨울 행간 비춰보면

내 생애 나뭇결에 얼룩진 삶의 무늬

바람은 날을 세우고 옹이 하나 깎아낸다

수도승 영혼인 양 침묵하는 숲을 지나

눈을 인 먼나무가 자기 뜰을 밝힌 아침

빨갛게 옹근 꿈들을 겨울새가 쪼고 있다

봄, 스미다

정혜숙

읽던 책 갈피 접어
잠시 한눈 판 사이
늙은 고욤나무 자잘한 꽃을 피웠다
수척한
새 한 마리가
울음을 참는 어귀

마음이 길 나선다
꽃 이우는 저녁답
나무는 키를 올려 담장 밖을 서성이고
쪽문 연
야윈 별 하나
눈자위가 젖었다

밥정情
― 만횡청류蔓橫淸流를 위한 따라지 산조散調 4

정휘립

딸넴아, 지발 아무나 허고 밥 같이 먹지 말거라, 잉?

이 에미도 읍내 장날 품 팔러 나갔다가 그냥 그리 된 거, 거시기 학생學生들 데모대에 매급시 떠밀려 쫓기는디, 어치케 늬 아빠 용케 만나 아는 체하고 밥 한 끼 얻어먹다 그냥저냥 함께 살게 된 거,

정情 중에 젤 무서운 게 바로 밥정인 것여

늬 아빠, 자전거 타고 동사무소 심부름 다닐 때,

허줄근한 방위병 복장으로 그냥 쓰러지게 생긴 데다, 내 하필 최루탄에 눈물콧물 질질 흘리며 오도가도 못 허는디, 불쌍하게 주춤주춤 다가와 밥이나 그냥 한 번 먹자 혀서, 매급시 밥 한 끼 얻어 처먹다 그냥 저냥 늬가 톡 생긴 거, (그리서 늬 이름이 '오월'인겨,)

늬 아빠 시원한 입 속에 그냥 홀딱 반한 겨.

늙은 집

정희경

낙서도 다 지워진 헐거운 담벼락에
온종일 햇살만이 그림자놀이 하다 간다
묵직한 청동사자 손잡이 큰 입만 벌린 채

담의 끝은 언제나 닫혀 있고 갇혀 있다
꺼내 볼 목록들은 하루가 또 늙는다
초인종 길게 누르면 화들짝 깨어날 듯

달그림자 어룽진 창 오늘도 공복이다
내 키보다 빨리 달린 목련 가지 흰 울음
대문은 늦은 전갈에 답장을 서두른다

노고단老姑檀 가서

조동화

갈매빛 풀밭 하나 수틀로 받쳐들고
밤하늘 성좌만큼이나 난만한 풀꽃들을
땀땀이 투명한 손들이 떠올리는 것을 보았다

골에서 등성이에서 시나브로 이는 구름
열두 폭 흰 무명베로 이불홑청 시쳐내듯
마침내 큰 구름바다를 만드는 것도 보았다

그리고 먼 먼 남녘 나부끼는 능선 사이
얼핏 눈만 주어도 느꺼운 내 산하의
풀어진 옷고름 같은 섬진강도 나는 보았다

느티나무는 레코드판을 돌린다

조성문

여느 집 저문 풍물 레코드판 들여다보면
제 속살에 느루 쟁인 나무 나이 새겨 있다
물 오른 수백만 잎이 살랑거리는 바람 한낮

전축 바늘 긁힌 마디, 마른 등 늙은 흠집
깊은 속내 타들어간 느티나무 내 아버지
눈시울 뜨거워지는 몸관악기 테 두른다

큰 나무 그늘 아래 감아 도는 길 다 하여도
천둥 째고 지둥 쳐도 다진 세월 흘러나올까
부르다 목멘 가지에선 형도 나도 자랐을 터

잠실철교 지나며

조안

뻐꾸기 울음 속에
풍경처럼 잠겼다가

서울로 와 전철에 간신히 끼어 탔다

물살에
떴다, 가라앉았다, 쓸려가는 나뭇가지

四月 이후

조영일

하늘 부끄러운
피어 달아올라라

눈물 반 섞여 흐르는 사월의 흙바람 속

덧없이 살아남아서
진달래꽃
따 문다

범섬을 따라가다

조영자

한라산 반쯤 넘으면 범섬이 먼저 간다
개날이나 소날에 문득 가는 친정길
개망초, 실거리낭도 함께 따라 나선다.

그래, 저 꽃들은 TV 뉴스 그 깃발 같다
한 집엔 노란 깃발, 또 한 집엔 태극기
푯대 끝 4·3의 하늘이 또 한 번 펄럭인다.

해군기지 건설 바람에 형제간도 등 돌렸다
대문도 초인종도 없는 파란 지붕 우리 집
팔순의 내 어머니는 어떤 깃발 올렸을까.

수평선 같은 빨랫줄에 걸려 있는 잠수복
나에겐 저것들도 성스런 신앙이다
그 흔한 숨비소리조차 까딱하지 않는 오후.

침목枕木
-1980년 방문榜文

조오현

아무리 어두운 세상을 만나 억눌려 산다 해도
쓸모없을 때는 버림을 받을지라도
나 또한 긴 역사의 궤도를 받친
한 토막 침목인 것을, 연대인 것을

영원한 고향으로 끝내 남아 있어야 할
태백산 기슭에서 썩어가는 그루터기여
사는 날 지축이 흔들리는 진동도 있는 것을

보아라, 살기 위하여 다만 살기 위하여
얼마만큼 진실했던 뼈들이 부러졌는가를
얼마나 많은 사람들이 파묻혀 사는가를

비록 그게 군림에 의한 노역일지라도
자칫 붕괴할 것만 같은 내려앉은 이 지반을
끝끝내 받쳐 온 이 있어
하늘이 있는 것을, 역사가 있는 것을.

목련꽃 밤은

지성찬

나무는 서성이며
백년百年을 오고 가고

바위야 앉아서도
천년千年을 바라본다

짧고나
목련꽃 밤은
한 잠 젖은 손수건

종소리

진순분

종소리가 종소리로 울려오기까지에는
혼자서 하늘 멀리 퍼지는 것 아니라
무수히 제 몸 부딪친 종메의 아픔이 있다

메아리가 또 다시 메아리로 돌아오기까지도
깊은 산 초롱꽃 연자줏빛 종 울릴 때마다
햇빛과 바람이 내준 그 소리의 길 있어서다

어릴 적 새벽 종소리 꿈속에서 감돌더니
조약돌 작은 풀꽃 한 잎까지 맑게 틔워
한 세상 건너온 울림 다 닳도록 종이 운다

부침개 한 판 뒤집듯

최성아

두둥실 프라이팬에 한가위 달이 뜬다
갖가지 잘 버무려 둥그렇게 다듬어진
어울려 살아가는 자리 이랬으면 좋겠다

지글지글 바닥 열기 골고루 나눠보면
버티던 생것 날것 기세가 기울면서
앉았던 서로의 자리 점점 더 닮아간다

너와 나 선을 긋는 차이와 대립까지
부침개 한 판 뒤집듯 그랬으면 좋겠다
뒤집혀 어우러진다 한가위가 익어간다

소신공양

최양숙

맨드라미 과꽃이 피어 있는 돌담 아래
단물이 말라가는 대추알 떨어져 있다
한 마리
벌 올라앉아
온 몸으로 공양 중…

어깨를 감싸 안은 은목서 향기에도
마냥 번지는 마음 속 눈웃음을
이제는
들키고 싶다
내가 나를 불사르며

그날, 해거름쯤

최연근

꾹꾹 눌러 기다려온
초하룻날 해거름쯤

우려내고 우려낸
돼지국밥 말아 놓고

그 안부 자꾸 맴돌아
캐묻고 또 묻는다

뽀얗게 우러나는
국물만큼 진하게

반추하는 증명들로
문턱 닳는 국밥집

눈부신 만남의 그날
설레고 또 설렌다

죽고못사는

최영효

팔랑나비 유채꽃 찾아 십 리 길도 오 리인 듯 하루에 서너 번이 그 하루에 서른 번 넘게

가다가 다시 와서는 영영 다시는 안 갈 듯

이제야 서로 만나 어떻게 살았느냐고 얼싸안고 맴을 돌며 얼마나 그립더냐고

하늘로 내리꽂다가 절벽으로 솟구치다가

깨물고 깨물어도 아프지 않은 속살 날개짓 자지러지는 달디단 햇잎 웃음

목매는 마음같이야
죽을지언정 죽고못사는

할애비강[祖江]은 살아있다

최오균

임진강 예성강을 품어 안은 한강물이
서해와 몸을 섞는 금단의 남북공동수로
DMZ 올무에 걸려 헛기침도 삼간다.

성엣장 밀어낸 강심 황복 떼 불러와도
나루에 거룻배 하나 얼씬대지 못하는 곳
초병의 날선 눈빛에 송악산이 움찔한다.

정전협정 날로 먹고 트림조차 않는 맞수
총부리 겨눈 틈새로 밤낮없이 울먹이는
흙탕물 내려다보며 짝없는 수 벼른다.

밀물에 헐떡이다 썰물에 긴 숨 쉴 겨를
유수한 간만干滿의 낙차, 간다는 건 저렇구나*
양안兩岸에 걸친 금빛 놀 무자경전無字經典 펼친다.

어떤 관조

최한선

입춘이 지났다는 소식을 들은 지
며칠이나 지났을까

뼛속까지 울린 소리
동천冬天을 무누는 끙끙 앓는 소리
선혈의 수액이 가지가지 퍼지는 소리
노랗고 하얗게 정조 무너지는 신음
귀 기울이지 않아도 환하게 사무쳤던
출산의 부산한 의미론 신고辛苦
한들 두들 나서본 동네 모퉁이
요란한 병창竝唱 선율이 걸음을 붙든다
뒷산을 수놓고 앞들을 꾸미어
우리들 마음까지 단장한 화엄의 향기
고목도 애를 써서 장엄하는 춘신春信이라니
초승달로 떠오르는 골수 앗긴 엄니 모습

당신의 그 수혈 있어 제 몸이 봄날입니다

폐교에서 그리움을 읽다

추창호

듬성듬성 저승꽃 핀 늙은 교사校舍 들머리
한 시대 증언하듯 뼈대로 섰는 동상
웃자란 잡초 군단이 호위하고 있었다

골동품 닮은 교실 슬그머니 들여다보면
졸업생 김 아무개 모월 모시 다녀갔다는
꾸욱 꾹 눌러 쓴 어록 눈시울은 붉게 젖어

운동장 굽어보며 정강이가 삭은 사택
카랑카랑한 말씀들을 금시라도 풀어낼 듯
바래진 단청빛 세월 가을볕에 널렸고

풍금소리 한 소절을 먼지 속 꺼내보면
낡고 잊혀져가는 이 작은 그리움들
숲길은 사방으로 뻗어 물밑처럼 깊었다

추락을 위한 노래

표문순

아침까지 한 사내의 쳇바퀴 걸음이었다
그것이 고역이어도
군말 않고 걸었지만
저녁쯤 아랑곳없이 발을 빼고 던져졌다

다 닳은 뒷굽처럼 낮아진 수명으로
한동안 물고 있던
냄새를 밀어내며
무르고 터져버렸던 시간을 뱉었다

추락의 아가리는 궁펍처럼 깊었다
뼈 없는 걸음들을
입맛대로 늘어놔도
기어이 어둠 속으로 깊숙하게 밀어 넣었다

제3의 나라

하순희

엄니 같은 큰언니를 제3의 나라에 내버렸다
바람 차운 춘삼월 산비탈 뒤로 한 채
이것이 고려장이로구나
어룽지는 굽잇길

"시상에 이리 좋은 디가 어딨노?
밥 주제, 씻겨 주제, 귀경도 시켜 주제
이담에 니도 오거라이 암 것도 걱정 말고"

그 밤에 기도했다 꿈속에도 꿈이기를
물뱀이 길을 막는 논두렁 외길 위에
오동꽃 내 마음처럼
뚝뚝 지고 있구나

낮달

한미자

주소 불명의 편지 한 통
툇마루 다녀간 뒤

오랜 날 쓸고 닦은
역력한 흔적 위

폐암에 쓰러지시며
울 엄니 뱉어낸 휴지조각.

소녀

한분순

1
햇살에
그을리는 건
꼭 살빛만은 아니다

바람에
눈을 다치는 건
입맞춤만이 아니다

꽃비늘
다투어 흐르는 뜰에
마악 꿈길 트인다.

2
곧 봄이 지겠지
하 많은 눈물을 접어

희고 말간 속살에
한 점 혈흔을 뿌리노니

아씨야 참 예쁜 아씨야
휘이휘이 날개를 달자.

우포

한분옥

달빛은 늪 물 위에 홑이불을 다리는가

내도록 들끓다가 이제 막 잠든 우포

먼발치 잠의 윗목에 우연처럼 눕습니다

그리움은 또 그렇듯 번지는 생이가래

쇠물닭 논병아리 쉼 없이 헤적여도

가시연 가시연잎을 당겼다가 놓습니다

뉘라서 줄을 매어 마음 방죽 흔들 텐가

삭을 것 다 삭아서 고요 한 줄 무심 한 줄

줄이야 끊어질망정 농현弄絃으로 떨립니다

물안개

현상언

혼절한 버드나무
자정을 못 넘기고
기슭에 누워
희디흰 알을 낳는다

휘어진 별빛 하나가
관념 밖을 나서고

때론 슬픔이고
때론 기쁨이기도 한
갈대숲처럼 쓸리면서
물안개는 자란다

한 손에 접었다 펴는
천만년의 춤사위

가고 또 가다 보면
삶의 길목에 서고
목 쉰 사연들이
풀어놓은 언어言語떼

신열의 아린 꿈들이
하늘 귀를 열고 있다.

어린 봄

홍성란

새는 어디서 오는 걸까
버들강아지 낮은 물가

붉은머리오목눈이 쓰다듬는 눈을 하고

물 건너
보기만 보네 하느님도 꼼짝없이

겨울 뿌리

홍성운

작약 한 무더기 꽃피웠던 자리에
쓰다 만 시처럼 마른 줄기 놓여 있다
아무 일 없었다는 듯
겨울은 지나간다

하지만 너테 진 흙, 한 삽을 뜨고 보라
뿌리는 겨우내 잠을 잔 게 아니다
목 빛이 붉어지도록
봄의 길목 지켜 섰다

따져보면 인생사도 뿌리를 키우는 일
혈족의 수직 계보에 한 획을 더 얹으면
그것은 가문의 뿌리
선대를 잇는 거다

꽃말을 엿듣는다

홍오선

애써 외면했던 지난 겨울 혹한 속에

칼금 긋듯 종적없이 무너지던 그 기억들

어둠에 길들여지고 눈물에 힘을 얻고.

언 땅을 줄탁하듯 기지개를 펴는 하루

허했던 가슴팍이 온기로 풋풋하다

하루가 천금이라고 진을 치는 봄볕 나절.

뉘 몰래 숨겼던 눈 살포시 뜨다 말다

이 꽃과 저 꽃 사이 심부름하는 바람

오가다 흘린 말들을 귀를 모아 듣는다.

봄비

홍진기

엊저녁 산등에다 실침을 꽂더니만
이 아침 누가 와서
홑창을 두드리네

볕쬐기
몸 이는 풀잎
잔가지 눈트는 소리

옥매화 꽃잎 벌어 새로 맑은 해는 떠서
산수유 살눈썹에
실바람 구르는 소리

두견화
속가슴 살이
참다가 또 터지겠네

봄을 깨운 새

황다연

겨울 냉기 부리로 쪼아 봄을 깨우고 날으는 새
연록색 나래짓 공기처럼 가볍다
햇살은 진주 빛 기름 나뭇가지마다 바를 때

아무것도 감출 수 없는 사랑인 듯 살아있는 길
아릿한 숨결마다 향주머니 열려 있는지
키 낮은 물소리 몇 줄 안개 속에 움직인다

이순

황삼연

바람을 들이려고
창문을 열었더니

엿보던 소음까지
황급히 들어온다

뜻대로
할 수 있는 게
한 가지도 없었다

겨울, 연포에서

황성진

이 겨울 연포에서 파도 한 뿌리 캐어 본다
뜨겁던 여름 사내 온몸으로 심은 그것
남겨진 잔물결 속에 밀려왔다 밀려가고

저 파도 뿌리는 늘 흰색 아니면 청색이다
사납게 일어나서 시퍼렇게 울다가도
가끔씩 잇몸 드러내 웃고 있는 것 보면

어느 누가 있어 쓰라린 이 상처 위에
간간한 바람 주고 쓴 포말 보내었나
시퍼런 해안선마다 눈물자국 번득인다

등대

황영숙

가만히 귀 대보면 나처럼 울고 있다

닿으려면 멀어지는 저 물길 파장波長 따라

징-지징 무쇠소리로 아버지가 울고 있다

밤무대 여가수처럼 목이 쉰 어머니가

밤마다 부두에 나와 노래를 하시는지

버텨 온 아랫도리가 흠뻑 다 젖었다

풍경

황인원

누군가 새벽부터 길을 만들고 있다
안개를 걷던 가을이 고개를 낮춘다
검게 탄 울음소리가 길 위를 나뒹군다
몸속의 슬픔 터진 어미는 눈이 멀었다
아들인, 아들이었던 한 사내가 입 잠긴 채
수척한 추억을 안고 길 밖으로 떠나고 있다

동시조

봄비

김정희

산에 들에
오신 손님
음악회를 열었습니다

바이올린 연주에
실로폰 치는 낙숫물

초록 꿈
일깨우는 소리
흥에 겨운
그 노래

공터에서

김종영

비어 있어 넉넉한
동네 한켠 공터에서
코스모스 뒤축 들며 누가 큰가 꿈을 잴 때
햇살은 아이들 꿈을
구름밭치 키워낸다

아이들 뛰노는 소리
무대만큼 높아지고
잠자리 몸짓 따라 가을노래 익어갈 때
바람은 박수갈채를
꽃보라로 뿌려댄다

여름

김차순

쪼로롱 아기 비에

간지럼 타는 나팔꽃

파랑 귀 쫑긋쫑긋

화알짝 길을 내면

더위도 무등을 타고

실로폰 소리낸다

실험실에서

문무학

산소로 철사 태우는
실험을 하다 문득,

우리나라 어린이들
모두 산소 만들어

휴전선
철조망 태워버리면
통일되지 않을까요?

입김

박경용

호호호 불어주면
언 손도 금세 녹는다.

후후후 불면서
떠먹여 주던 밥숟갈.

입김이
나를 키웠다.
호호, 후후
엄마 입김!

반달

박방희

반쪽뿐인 반달 옆에 남은 반달 또 있지

그 반달이 없으면 온달이 될 수 없지

없으면

안 되는 반쪽

그늘진 반달이지!

가을밤

박영식

구름도 다 쓸어 낸
말끔한 밤하늘에

기러기 떼
치치포포
기차놀이 신이 나면

구경 온
보름달 가만
신호등이 되지요

갯벌 체험학습장에서

변현상

제 짝꿍 은비는
파도를 보고 저래요

잠시도 쉬질 않고 촐싹거린다고요

그래도 저는 좋아요
제 짝꿍이니까요

초승달

서재환

얄미운 생쥐가
하늘에도 사나 봐요.

낮에는 숨었다가
밤만 되면 야금야금

둥근 달
다 갉아먹고
손톱만큼 남겼어요.

덕담

송재진

"넌 키가 좀 작지만
참 야무지게 생겼구나!"

짝한테 들은 덕담을
채송화에게 건넸다.

"딱 하루
피었다 지면서도
어쩜 그리 활짝 웃니?"

범종

신현배

천 년쯤 살았으면
목청도 녹슬 만한데

울리는 그 소리만은
하늘빛을 닮았다.

날마다 하늘을 깨워
그렇게 맑은가 보다.

검버섯이 끼어 있는
구릿빛 얼굴인데

절에 사는 큰스님은
범종 소리를 닮았다.

날마다 범종을 깨워
그렇게 맑은가 보다.

자리끼

이준섭

할아버지 잠자리에 꼭 자리끼와 주무셨듯
너의 고운 꿈을 위해 자리끼 두고 자렴

영길아,
새록새록 잠자는 동안
밤하늘 별 떠오른다.

곱고 고운 꿈을 새하얗게 꾼 목마름에
자리끼를 벌컥벌컥 마시노라면 어느덧

눈부신
새아침 밝아온다
꿈나라가 열려온다.

* 자리끼 : 밤에 마시려고 잠자리의 머리맡에 두는 물.

엄마 목소리

정완영

보리밭 건너오는 봄바람이 더 환하냐
징검다리 건너오는 시냇물이 더 환하냐
아니다 엄마 목소리 목소리가 더 환하다.

혼자 핀 살구나무 꽃그늘이 더 환하냐
눈 감고도 찾아드는 골목길이 더 환하냐
아니다 엄마 목소리 그 목소리 더 환하다.

물총새

조주환

쫑쫑 물 쫑쫑
조약돌에 떨군 울음이

소금쟁이 실여울에
물무늬로 가 앉다가

풋잠 든 아가의 눈에
방울방울 벙근다.

책갈피

진복희

그 애가 준 시집에
꽂혀 있던 책갈피.

그 애 마음 갈피에도
내가 꽂혀 있을까?

책장을 펼칠 때마다
팔랑대는 갈래머리.

네 잎 클로버
곱게 말려
코팅을 한 책갈피.

콧노래 흥얼거리며
어깨도 들썩이며

시집 속
긴 오솔길을
나와 함께 걷는 그 애.

참 좋은 우리 말

최숙영

'사랑'이란 말 속에는
'사랑'이란 말 속에는
마음이 따뜻해지는
온돌방이 있나 봐요
훈훈한 아랫목 같은
참 좋은 우리 말.

'행복'이란 말 속에는
'행복'이란 말 속에는
마음이 아롱다롱
무지개가 있나 봐요
일곱 빛 색동옷 같은
참 아름다운 우리 말.

'우리'라는 말 속에는
'우리'라는 말 속에는
마음이 동글동글
동그라미가 있나 봐요
손 잡고 강강수월래
참 정겨운 우리 말.

올챙이

허일

저요저요
나요나요
오글오글
바글바글

새까만 배불뚝이
꼬리를 떼 달라고

어럽쇼
저 뒷다리 좀 봐
앞다리도 쏙 내미네.